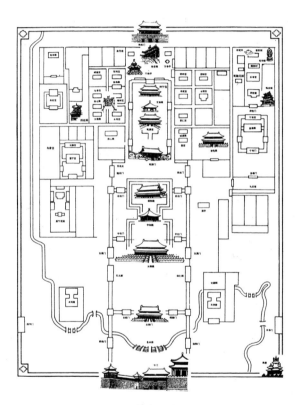

故宫平面图

It's a long old road. But I'm gonna find the end.

——Bessie Smith

路漫漫其修远兮，我知我将寻到尽头。

——贝西·史密斯

独角兽文丛

02

| 重 门 |

| 邵　丹 - 著 |

上海三联书店

目 录

重门紧锁，宫闱深禁。光绪帝的大婚之礼如期举行。紫禁城里，一扇扇大门被打开，又被关上。百年一瞬，大清的余韵或者说遗音，在历史的回声里，隐隐可闻。

将历史的重门悄然打开的，是女作家邵丹。

这不是一本关于故宫典故的普及读物，也不是关于清廷逸闻的衍生小品。它是一个女作家，通过对故宫之门，乃至北京老皇城之门的叙述和描写，展示她对于门与生命个体、门与民族群体、乃至门与世间万物的休戚与共、相克相生。

生之历程，即是由子宫之门，入墓穴之门。升斗小民如是，皇亲国戚亦如是。

雅致、节制的语言，以尽可能的舒缓和从容、雍容与睿智，摹写彼时彼地的风物与人物，观照的眸子，却属于一个毕业于斯坦福大学的才女。很难准确界定这本书的文体：究竟是历史随笔，还是文化散文？说不清，又何须说清？

门的存在意义，究竟是为了开，还是关？这就和现代化的意义，究竟是为了人的解放，还是人的奴役一样，难以回答。一百多年的风吹雨打，一个世纪的血雨腥风。终于，古老中国的最古老的宫殿，迎来了一个年轻女性的审视、打量、质疑与拷问。

行云流水的文字里，回想着历史的一声长叹！它即是惊叹，更是哀叹。

书中的每一个章节，都可以独立成篇。但它们合在一起，是如此浑然一体，就像历史本身一样。

一本小书，竟然这样风雅成趣，可以把玩于掌中，温婉如玉。这就是好文字的魅力了吧？而再好的文字，如果没有思想，也是枉然。

读而无语，无端想起李白的《菩萨蛮》：西风残照，汉家陵阙。这或许就是文字的思想力了吧？　只是，我们所置身的时代，离大汉已两千年，离大清，不过百年。

程宝林于美国德州无闻居

2016 年 3 月 19 日

自序 —— 宫

宫是封闭的，包括在西方。

比如白金汉宫，比如当年各领主的城堡，他们的房间就是他们的高墙，围成了一座宫。他们有很多的窗，可以看外面的世界。

而中国的宫，从原始时代慢慢演化，最后的那座宫，包裹着层层的围墙，只有那些进口或出口的，重门。

我们每个人心中都有一座宫。

或者说，我们每个人心中都有一座监狱。

宫与监狱的区别在于，一个是对苍茫大地的主观分割，或者谦逊一点说，主观的界限；而另一个则是芸芸众生里，被无情地切割出去。

《重门》里所写的，是这样一群女性，从进宫到出宫，同时被卷在国家及民族的潮流里，从旧时代，散落到了新时代来临之前的，黑暗，或曙光里。

《重门》这本书写在我青春的最后一年里。此书之后，我长时间陷落在中年人所必须趟过的沼泽里。所谓四十不惑，是由各种磨难而造就的。一旦你看清了自己心中的那座宫，或那座监狱，这就是自由的曙光即将降临的征兆。

　　《重门》几乎不算是我写的书了。因为我自由了。所有与我相关的，包括我曾写下的，将写下的，每一个字，也因我的自由，而都是自由的。

　　这本书，是献给我们终将获得的自由的。虽然我明白，中年人谈自由更像是谈妥协，但，相信我，妥协是需要勇气的。妥协可以带来自由。这就够了。我妥协于本书所有的不完美。每位有缘读到这本书的人，请原谅这里的不完美，至少，当年的我，是以蒙昧的真诚写下这本书的。

邵丹

2016 年 2 月 18 日

章一

进宫

大清门
坤宁门
钟粹门

那是一座翻云覆雨的门

曾经，那座门正中之门券于女人是极吝啬的，过得了那座城门的女人一朝一代中屈指可数。

那是一座翻云覆雨的门。于明朝的朱家是大明门，于清朝的爱新觉罗氏是大清门，于民国的百姓是中华门。

很多城门的名字都刻意雕琢，穷极寓意，偏偏需要这么一座门意义浅白。唯其浅白，天下万物苍生才能明白最基本的政治归属。"必也，正乎名。"名正则言顺，言顺则事成，事成则国安。对于任何一位征服者来说，无论未来的策略为何，最初胜利的标志就是在旧物质上贴新标签，最代表的无疑是易帜，而皇城第一门之易门匾，同样富有象征意义。这个文化最本质最深沉的崇尚在于"易"，易者，变也，天地自然乃至皇权皆以变为本，数千年来，变才是常态。每一次巨变不过是又一次的变。

变来变去，一座城一座门在理论上可以追随无穷尽的朝代更名。据说在新世纪的民主民国，新政人物于权宜之下决定保留旧皇权旧皇宫，但皇城第一门的名字必须立即更换。人们没想到的是，城是一座千年的城，门是一座五百年的门，而门上的匾额却是物质的、肉身的。任何物质的、肉身的，都是有限的，一块匾额只有两次被利用的机会。当民国的人们翻转沉重的匾额，意欲二次利用，尚未磨灭的"大明门"三字赫然在目。一块无法再被利用的匾额就在人世的翻云覆雨间失落了。新派人物放弃了老式气派的蓝底鎏金铜字的匾额，匆匆代以木制匾额。或许这一次的易匾周折到底显得正名仪式不够堂皇，民国匆匆不足四十年，开篇是第一次世界大战，结篇是第二次世界大战，期间各派军阀混战，城头不断变换大王旗帜，着实一多事政权。但又有多少人会知道，民国之后，就连这座城门也终将见弃？历史比我们所能想象的更为机巧，而这一切都是后话。

在还看不到后话的光绪十五年（1889）新春，大清门的正中门券将最后一次为一位女人打开。有清一代，近三百年，除了皇帝、太后及新科的状元而外，就只有三名女性于新婚之夜得以由雪白御道上走过大清门的正中门券。

如今只能在泛黄的老照片里再见大清门了。这座门相对低调朴实，并无台基，亦无重檐。它是走入皇权核心的第一重门，需要低调，才能为后面更高更广更豪华的城门城楼留足仰视的空间。这只是平稳的首音，渐次深入的将是一个个高潮与咏叹。作为与民间的临界处，这座门滋润着人间的气象。门前小小的广场上竖着低矮的白色石栏，门侧还特例恩准而歪了两棵饱满

大清门：走入皇权核心的第一重门

的绿树，像极了普通人家的典型前院里，那一棵为那一家生存提供了基点与标识的树。

如果没有那场由五百五十万白银打造出来的皇家婚礼，光绪十五年就如同老照片里的大清门一样，沐浴在晚春懒洋洋缺乏思绪的寂静阳光里。

震醒古老中国的第一次鸦片战争已是约半个世纪前的往事，一度南北割据的太平天国也于四分之一世纪前被彻底镇压。国家在所谓的同治中兴后，似乎正慢慢重入正轨。一向体弱多病的小皇帝终于两年前开始亲政，并于前一年，即光绪十四年（1888），由朝廷要臣诸如李鸿章等一致同意，挪用军费以重修约三十年前被英法联军连并圆明园、畅春园、静明园及静宜园一起火烧了的清漪园为颐和园，以供太后退政后清玩——似乎没有特别紧急的事务。

战争绝对退居二线了。失去一两个小小藩国，疲惫的名义上的主人已不放在心上。不甚要害的福建输了海战，却幸运地没什么后果，因为列强在自己本土上打打闹闹，已顾不得千万里外的小利。振奋人心的是收复了西域边疆，而洋务运动虽然困难重重，弊端无数，到底开花结果了——矿局开了，铁路修了，电线铺了，电报建了，不仅给识时务的官员带来很多好处，也给朝廷增加了税收。所以天灾人祸依然不断，朝廷却能好心情地多次减免赋税。

光绪十四年，中国第一个邮政总局在台湾开张，官家的文书免费传输，因而可以断定光绪与隆裕大婚的诏书至少在此将以现代化的方式传送。同一年里，中国第一个铁路机构正式定名为中国铁路公司，开始实质运作，并且竣工了中国皇家的第一条铁路：西苑铁路。从中海的瀛秀园到北海的镜清斋，全长1510.4米，主要任务就是讨得太后开心，从而支持筑路，从而不必再因为运输不力，打战时被动，险象环生。

同样在光绪十四年，一位名叫康有为的广东书生在北京参加顺天乡试，第一次激扬上书，偏偏要提中法战争后"国势日蹙"，竟要求"变在法，通下情，慎左右"。但意气飞扬的广东书生找不到一位大清官员代为传达上书，事实上，他要再等整整十年，七次上书之后，才能得见御容。在承平之年的光绪十四年出此危激之言，时机不对。康有为没有钦天监帮他计算良辰吉时，他也未必等得及。自他首游大英殖民地香港也倏忽接近十年，这十年间，他西书读得越多，他就越焦急。

但皇宫里的宫漏滴得慢。皇帝虽已亲政，但真正的归政还要等待，在等待期间，贵族大臣们诚惶诚恐，苦苦申请着太后训政。理由是冠冕堂皇的：只有成婚之后，皇帝才能真正成人。一个男人没有一个女人就是缺失的，就算皇帝亦无例外。

太后训政的主要内容之一包括了皇帝的大婚。几乎与康有为第一次上书同时，在紫禁城的体和殿内，光绪将于新年新春里册立的一后二妃选定了。选后之经过，各家野史各种描述，但只一点各家雷同，即皇帝捧着玉如意首先停在了江西巡抚德馨之幼女（即后来的珍妃）身旁。而剧情的中转，无论是由于太后的呵斥，还是李莲英的导引，如意最后交到了叶赫那拉家族的静芬手里。

大清国的皇帝都是爱新觉罗，出入宫禁必走大清门正门，但叶赫那拉的女人将包揽最后两朝实权太后，而那一朝里最后一位通过大清门正门的女人，也将是叶赫那拉。爱新觉罗氏与叶赫那拉氏两族间的纠缠，最终也未见得胜负分明。

光绪十五年正月二十七日，一朝一夜一刻，大清门敞开了。整条中轴线上的所有的门都一并敞开了。

凌晨总是最漆黑的时刻，但满城百姓被开恩准许在指定的区域内观瞻这场旷世盛典，兴奋异常。多灾多难的年代里，大家都期待一场同喜同乐。他们依嘱屏气静声，在寒冬深夜，看绵延数里、衣冠华丽的仪仗队汤汤而过，演示另一种生存的可能性：一种将民间想象力押到极限的生存方式。在极限的潮尖上高高浮着皇后的凤舆，那是狂欢之潮正中心、最焦点的花蕊。

静芬于那一时成为一国之主角。她曾也是芸芸众生之一，但今夜的她，通过大清门后，将一步步地质变，从众生里蝉蜕而出——成为民间想象极致处的一具标本。

《光绪帝大婚图》局部

　　静芬被封闭在凤舆里，看不见前方的道路。只有行进的风将帘帷裂开一条狭窄的缝隙，她才瞥见外面的世界。烛火染红了那一隅路面，标志性的长条白石路面无疑是御道，香烟缭绕里行进的队伍已经抵达大清门。

　　静芬或许想要掀开帘帷，仔细看一眼这座起始之门。传说有一位阿鲁特氏的皇后被逼急了，说了一句："媳妇是从大清门抬进来的，请太后留媳妇的体面。"结果到底没个体面的结局，怀着皇上的遗腹子匆匆自杀。到底，太后不是从大清门里抬进宫的。这一朝二百五十年里，真正从大清门里抬入宫城而得以大婚的女人不过三人。阿鲁特氏年轻气盛，恃骄而宠，说错了话。

　　静芬，桂王府的二格格，太后的亲侄女，素以贤淑慎言闻名，以二十一岁"高龄"被指令参加按例只针对十三至十七岁少女的选秀活动。静芬早年数次入觐皇宫，还陪小皇帝读书聊天，太后都看在眼里，已预留她，叶赫那拉的女人，做皇后的人选。

当略有周折，但静芬最终接过皇帝递来的选后玉如意时，很难说她感到诧异，相反，她应该如释重负——可能性的结局终于尘埃落定了，她无须再揣度命运的心思。就这样吧。这结局落在她身上似乎完全合情合理，这个家族已经有了太后，有了皇帝，再出一名皇后顺理成章。但，如此成龙成凤的密度稍稍高了些吧？静芬万福起身时心头有点紧，有点喘不过气来。虽然她与对面的太后与皇帝血脉相通，却又各有各的心肠。

雪白的御道昭示着大清门，但静芬没费心力就忍住了掀开帘帷的冲动。她从小就被教导着循规蹈矩，没有规矩的时刻，她总会选择平安的静默，从不自创或是出格。她不愿意想象有失矜贵地掀开帘帷多看一眼将会是什么后果。她也绝不敢申发联想，她在某一天将结束爱新觉罗家族的皇权延续。这一族向来流行表亲联姻。叶赫那拉氏与爱新觉罗氏从民族兴起之初就是枝缠叶绕的亲戚。爱新觉罗氏巩固族内皇权的最后一步，乃是血腥镇压最亲密亦最顽固的部落——叶赫那拉氏，然后就一直流传这样的说法，爱新觉罗氏最终将败在叶赫那拉氏手里，而且是叶赫那拉氏的女人手里。

大清门已不复存在，原址上修建了1949年成立的中华人民共和国之开国元首毛泽东的纪念堂寝。要看清大清门的细节，必须利用现代的高科技，一次次放大，将历史中的城门拉近眼前。相片上三个圆拱门券，循规蹈矩的曲线，但每一段汇聚到顶端时，统一向天空的方向泛出一叠涟漪，好似一瓣天女洒下的花叶沾在了面向尘世的城门上。就这一点，如此微细，又如此动人。如此动人，以至可以确信，静芬通过大清门正中门券时，她应

该感觉自己被吻了，被啄了，被含吮了——被命运，她的命运，
但同时也是一朝一国、一套历史、一个民族、一个家族的命运。
她在那一时刻于婚轿的子宫里，蜕变，重生。从此，她将蝉蜕
女孩的身躯，将成为女人，母仪全国。

大婚奉迎的路线成了话题，这本身就是话题

光绪十二年（1886），太后乘舟长河，见两岸萧条，皆为她丈夫咸丰帝生前被英法联军烧了行宫之际，一并被烧焦了两岸。大清国运似乎也是从此难再兴盛。太后当即下令亲王从西直门至颐和园，二十余里杨桃夹种，重又是旖旎人间。

归政光绪后的太后在颐和园里表现得颐然自得，成了一位享受生活的老妇人。女人的爱美之心从未懈怠：一样每天精心美容，起身后泡指甲总得裹着毛巾一遍又一遍换上好几盆烫水；此外，只要许可，她每天都会扶着福晋上一次万寿山。

歌舞升平也罢，极痛麻木也罢，遵从祖制也罢，贵族气派也罢，大清皇室的日子按着旧时脚步一步步向前走。看守的侍卫也不过重复一个多年积习的动作，夜深人静时将一盏小油灯再次挂在东墙的檐柱上，那块墙面多年来已烤成焦黑。或许正因积年无事，那里才是小小房间里最安全可靠的角落？屋外冰雪严寒，所以兄弟们到毡棚坐夜时特意将年老体弱的留在贞度门门罩内住宿守值。但正是这年老体弱的，寒冬长夜，昏昏灯火，

更容易坠入黑暗难醒的梦境。洋油灯照例瑟瑟亮着，照不亮他的梦。一阵无名的风将油灯的火舌吹到了木柱上，反复舔舐。

要事后反观才能赫然惊觉，或许这一场火等了太久。那些木材出自深山，补为宫殿御用栋梁，多年北方的干旱以及政权的权谋，早就累垮了他们的心神，他们热切盼望一个归宿。多年风干的木质具备燃烧的上好条件，一旦时机成熟，他们意识到枯朽的身躯竟还有机会轰轰烈烈，投身火海，奋不顾身。

宫殿太过高大，宫门前的鎏金大铜缸如此不成比例，如此幼稚，所谓"门海""福海"或"吉祥缸"的美称此刻听来如同笑话。根据皇帝老师翁同龢的记录，当他惊闻大内"贞珠门"走火，驱车急入，才知乃为贞度门，从左掖门入，踏雪难行，门罩三间已落架，墙柱尚燃。太和门前的内金水河如一柄坚硬的如意，凿冰一尺方得水数寸，名副其实的杯水车薪。聪明的臣子指出"宜断火道"，来个壮士断臂，未想皇家的房屋坚固异常，"锯之斧之仍拽不倒"。皇家原要的威武此时成了弱点及帮凶。要整整两个时辰，梁柁才被拽下，为此一事，伤者已近十人。灾难性的大火在皇权最核心区燃烧了整整两天，七千多王公贵族将士官兵奋力扑救，太和门、贞度门、昭德门及周边廊庑全部沦为废墟。

这场火灾无论以地点，以规模，或以损失论都可算宫城火史翘楚，而时机更是精妙。还有四十多天就是皇帝大婚的高潮——奉迎。奉迎路线一夜为火烧断，如何奉迎？朝廷上下甚是劳心。

　　大婚奉迎的路线成了话题，这本身就是话题。这个民族从原始部落一跃而飞升为当时最悠久文明的实际统治者，曾不在意什么路线问题。第一位入京的皇帝顺治举行大婚奉迎，路线没有越出宫城本身。少年的皇帝，少年期的文化，在一座布局周密的皇宫里举办了一场轻快实际的婚礼，没有任何炫耀性或昭告性的绕行巡游。皇后从东北接入京城，就近住在东华门内，仪仗队因地制宜，从协和门内直接插入宫城。大清朝第一位入主紫禁城的皇后并未走过重重城门，中轴线上只走了一座太和门，即至太和殿下降舆，皇后由御道走入中宫——当时的中宫并非乾清门后的内庭，却在外朝太和殿后的保和殿，时称位育宫。皇帝在此一住十年，兢兢业业守着父辈半抢半骗得来的皇权宝座。对大多数臣民而言，真正的天子或许在外流荡，弘光、隆武、永历，再风雨飘摇亦能吸引到忠烈之士，年青的爱新觉罗很可能不过又一位临时僭用皇位的匪徒。当南方军情一度告急，皇帝首先的选择恰是放弃皇位，重回白山黑水的故乡。要不是一位强势而做到太皇太后的女人成功激将，爱新觉罗家族尚未于北京的皇位下生根发芽，就会像上一任的异族统治者那样遁去，或更恰当的用词应为撤退，就为归乡，肥膘壮马，红尘滚滚中奔回旷野。

　　但时间改变了一切。全国上下渐渐接受了新的主人——连明朝出家做了和尚的皇孙朱若极都要到京城寻求功名，未果落户抗清典范城市扬州，还主动为南巡的皇帝呈上政治献画。新主人在新家里渐渐找到感觉，开始修葺残缺破败的宫城，包括帝后寝宫——乾清宫及坤宁宫，随之而来的就是路线问题，走什么，怎么走，这些问题将一步步成为所谓不可动摇之祖制。

顺治那得过天花因而富有免疫力的儿子是大清第一位以坤宁宫为洞房的皇帝。康熙幼年登基，却宏图远虑，励精图治，情愿长期承奉父皇之制，同样住在差可使用的"办公室"里。娶亲非唯照例要考虑政治联盟，路线也不过在顺治的基础上加长至坤宁宫。皇后穿过重门，依然于太和殿下降舆，将走一段长长的御道，走入新修的坤宁宫。这段路得耐心地走。再过几年，太皇太后才会下旨再次修缮宫城，包括太和殿、乾清宫，皇帝这才移居。更漫长的岁月里，皇帝运筹帷幄或御驾亲征，数十年内平三藩，克台湾，收西域，开海禁，引领一个满目疮痍的国家重新进入盛世。

那是一个饱和了的盛世。那个时代的主题就是将人间一切繁华富贵都堆积在咫尺寸间。如珐琅彩瓷——如此雍容华贵，极致处一只团蝶乃集色三十六种。如此费工费时，仿佛不过一碗之成，盛世如庄周蝶梦便在碗内轻轻晃动的水影里消失。珐琅彩瓷昙花一现。

与彩瓷一并被强光在展览柜里骄傲展出的，还有皇后大婚时的朝服——近乎盲目的密不透风的堆积，凡是吉祥的尊贵的，都拥挤在可见的物质表面。静芬在凤舆内，身穿大红色绸绣八团龙凤双喜棉袍吉服，两肩、前后胸、前后下摆绣金龙凤同合纹八团，并兼绣了象征皇权地位的十二章，并双喜万寿灵芝蝙蝠吉祥纹样，遍身刺绣。为如此沉重而豪华的婚服笼罩，静芬如同被衣装绑架了一般。高高的朝冠，坚硬的披领，硕大的朝珠，

皇后大婚朝服像

繁重的文绣，任何一个人穿入如此的衣装，都不得不双臂外展下垂——再多的胸前装饰都无法弥补如此的事实：这一姿势将胸膛最大限度地暴露给了对方。这一姿态原契合先祖的豁达情性，因自身骁勇善战而自信，但到了静芬的年代，这姿态更多的是无奈，与懦弱。

盛世之后大婚路线的改变是微妙的。大婚的凤舆经由大清门、天安门、端门、午门、太和门，在太和殿发生偏移，由中左门、后左门，而抵达乾清门。将新主人积蓄了足够的自信后，真正的政权中心已从形式的太和殿步步后移。大清起家的先皇就以在卧房办公闻名，而他精明务实的后代们显然也喜欢这样，并把军机部移到乾清门外小广场西北隅值房内。皇后于乾清宫降舆，换乘孔雀顶轿，将先抵钟粹宫稍事调理，再前往当夜的终点——坤宁宫。

唯其微妙的改变，对大婚路线的坚持似乎得到了朝廷上下的一致支持。如果静芬大婚奉迎路上少了一座太和门，那么，太后说，就扎出一座太和门来。这支昔日铁骑平中原的异族，新近为另一支遥远异族的铜船铁炮所击败，所剩不多的骄傲就是对往昔光荣的回顾，以及对所谓祖制的偏执。

于是彩棚工匠们如期将纸制太和门赶制出来，同样的高广，同样的汉白玉台基，同样的重檐歇山顶，同样的梁枋彩绘，就连庑顶的大吻、檐角的小兽一应惟妙惟肖，"虽久执事内廷者，不能辨其真伪"。更难得的，高逾十丈，"粟冽之风不少动摇"。人们以为这就是奇迹。有能力创造如此奇迹的皇家应该依然是真命的天子。

皇后乘坐的凤舆

　　凤舆通过太和门时，静芬被灼烧了。然而，这场大火的内核总带着丝丝的凉意，她是一场大火内核里无法被燃烧的火心。夜色灯火中，那火红的婚轿似在燃烧，婚轿里的静芬大脑一片空白，身子却半重冰半重火的，随着婚轿的震动而瑟瑟发抖。这一家族的命运，数百年前就已在白山黑水间写成，他们不过忠实地踏上属于自己的道路。夹道两岸是皇家奴仆、平民百姓，以及光可欺日的无尽灯盏——每一处光明与光明间，都是一块沉沦在夜色里的京城的碎片。无数的碎片。大婚奉迎路线不断的演变，有一座门到底是恒定的——太和门。

　　说是抬凤舆的技术举世无双。无论如何保持平稳，凤舆里静芬的心还是摇摇晃晃的。她在凤舆里更像是被囚禁着的。双重的囚禁，还有那僵硬的婚服，管制着她的躯体动作。很多年后，我们在游人如织的故宫博物院展厅里看到了皇家的婚轿，诧异它竟如此狭小。瘦小的躯体果真能蜷缩入此婚轿吗？竟是如此之局促，哪怕是一国之皇后，我们的肉体所需的空间远比所能想象到的要小出许多。狭小之空间被精心装饰过。外罩皇权象征的明黄绸缎，内展中国传统的大红绸缎，到处飞舞着翠蓝色的凤鸟。在这一小片繁华里，陪伴静芬的只有一柄沉重而寒冷的金如意，还有眼里那被沉重的红盖头染红了的光，让她想起那一场灾难的火。

中轴线如祭品一般，
高贵却已死亡

新娘进入洞房前最后一座门并非坤宁门。坤宁宫是法定的洞房，但坤宁宫的正门并非是坤宁门。

真正的坤宁门是一座后门。中轴线上的门至此倒转方向。从大清门直至乾清门，门都坐北朝南，所守之宫殿在门之北；而坤宁门坐南朝北，坤宁宫在其南方。坤宁门所面向的，不远处就是紫禁城的大后门——神武门。也可如此理解，从后门进入宫城的人，可以穿过御花园来到坤宁门前，从此反向踏上尊贵的御道，逆流而上。

或者如此理解，紫禁城后廷三宫是宫城中的宫城。所谓后廷三宫：乾清宫、交泰殿、坤宁宫；三者，正应天上三垣之数。后庭东西各六宫，六应《易》之阴爻，相加十二宫，象征十二星辰拱卫乾坤。十二星辰外加后三宫，总十五之数，正合紫微垣星之数。围绕后寝三宫总有十二门。乾清门与坤宁门前后相守，东一长街西侧，由南向北依次为日精门、龙光门、景和门、永祥门、基化门，而西一长街东侧，由南向北依次为月华门、凤彩门、隆福门、增瑞门、端则门。

　　这人间天堂的建造是漫长的想象、模仿以及修补的过程。人类的思维总是漏洞重重，仰赖多重的修修补补。紫禁城建成直至明嘉靖年间，才发现了后三宫不可原谅的缺陷：三宫中缺了一宫——最初的后廷寝宫只有乾清宫及坤宁宫。乾者，天也，阳也，皇帝之寝宫；坤者，地也，阴也，皇后之寝宫。似乎阴阳相配，无可诉病，然而天上的数字为三，而非二也。是以添加了交泰宫，天地交和，康泰美满，而且如此自然，介乎乾清和坤宁之间。坤宁门亦是同时期的关键补笔。最初的坤宁门乃是御花园之北门，即如今顺贞门；故此最初的坤宁宫后乃是一栏朱墙——御道至此戛然而止。更好的设计应该随墙开建出一座后门，给御道提供至少精神意义的出口，流入御花园，自然浑成。

　　当人间的象征意义趋近完美，所谓月满则亏，这座人间天堂似乎走到了尽头。当明代帝后还分别居住乾清宫、坤宁宫之际，交泰宫最著名的事件恐怕是明思宗崇祯皇帝为宠妃而与周皇后的交锋，阴阳或乾坤未能和合美满。皇帝破口大骂，一向周全的周皇后开始反击揭短，呼叫皇帝未成天子前的姓名："信王信王，你忘了当初。"皇帝于是动了手，皇后自然倒了地。皇后因此绝食，并做出多种自杀的姿态。有心树立明君形象的皇帝退让了，将宠妃打入冷宫三月。皇帝已没有能力随意宠爱一位妃子，何至于保卫自己的皇权？军情最紧急之刻向老丈人周奎征用助饷，头一次开口十二万两，老丈人给了一万。第二次再要两万两，老丈人向女儿伸手，结果皇后出了五千两银子，老丈人扣下两千，还给女婿三千。国破家亡日，周皇后在坤宁宫上吊自杀，临死前让宫女将衣裙缝死，尽量减少被贼人侵犯之可能。朱皇帝在煤山上宽袍散发上吊而死。老丈人家中被李闯王搜出了现银五十多万两。

新主人对乾清宫、坤宁宫兴趣阙如。或许隐隐避讳明朝的懦弱与血腥，或许更是天性的不羁。这个善于打猎的民族，男男女女都素习喜好行宫居留，从承德避暑山庄，到京城西郊五大园林，烧了就是挪用军款也需要重建。入京之最初两位皇帝多年在外朝宫殿励精图治，交接到雍正，索性移居养心殿，从此再没有搬回过中轴线。皇帝都偏了，皇后自然更不会睡卧在中轴线上的宫殿里。紫禁城内中轴线彻底成为仪式与象征之线。这条线及线上的一切已失去人间的生命力，祭品一般，高贵却已死去。

光绪十五年正月二十七日凌晨，新娘静芬跨越的最后一道门并非坤宁门，而是坤宁宫东暖阁的侧门。坤宁宫依这新兴民族的老规矩重修，大面积让于巫术萨满女神的祭祀，为此修烟囱摆锅灶，天天现杀现烧地祭祀猪肉，一直到皇帝都逊位了，规矩从未断过。新娘的洞房由此设在口袋式的东暖阁，小小的一间，高高的一间。又因为房间高度还是中轴线上宫殿的高度，宛如一口深井。洞房布置颇费苦心，空间上下隔出两层——却又是悬在半空的阁楼式，上层依然用以祭祀，下层才是真正的洞房。靠东隔出座椅，再隔一根粗壮的朱红大柱，靠西恰是量身定制的龙凤喜床。无论是椅或是床，都靠了层层帐幔围出相对私密的空间。

坤宁宫东暖阁皇帝大婚洞房内景

　　奉迎礼仪队终于踩着吉时抵达终点，由新郎、新娘主演的祈福正式开始，程序之多，就如同民间迎接新人的百子鞭梭，一节紧逼着一节，迫不及待，但要那平地里惊心动魄的繁花似锦。恭侍命妇接过新娘一路捧奉的苹果与如意，所谓求平安如意，但新娘将随即接过装满金银财宝的宝瓶，跨过火盆——再一次祈求平安红火，蒸蒸日上。最后进入坤宁宫东暖阁洞房之前，新娘还必须高高跨过门槛上的马鞍，马鞍下压着两个苹果，再次寓意最普通的祈福：平平安安。

　　在大费周章仿制天宫的皇宫里，人生最重大仪式上的祈求不过平平常常。如此平常，游客从中轴线走来，在坤宁宫前得以感应到这份平常、放松、四散。此前一路之观瞻都聚焦在中轴线上之正堂，游客挤着看过，两向包抄前往下一座宫殿，再次聚焦于中轴线正堂，再放开，再衔夹，再放开，一如观瞻时的呼吸，严格地被把控着。那些殿堂深处炫亮的宝座，各式匾额藻井，各种宝瓶香烟，庶几勾勒出君主正襟危坐的气派。只有这中轴线最后的宫殿前，人们才看到一座敞开的宫殿，一任众人或者挤在门前，或者紧趴在一溜南向明窗前，打量着灶台铁锅以及小小的洞房。

当游客们趴在南窗玻璃上努力张望时，他们看到皇家的龙凤主题退居二线，洞房里是红彤彤的喜庆主题。在这里，皇家与民间的界线模糊了。东暖阁偏又仿东北老家之口袋房建制，开门即红双喜之大屏风，取开门见喜之意，但特异的是面向南窗，与此屏风成丁字相连，又顶了一座红双喜屏风，于是后世游客透过白蒙蒙呼吸的热气，也能见喜。到处都是多子多孙的祈求。喜床那密密蔓延着葫芦枝叶的天罩，以及床上里里外外朱红明黄——苏绣五彩百子帐、大红缎绣龙凤双喜炕褥、再次重复百子主题的喜被。这个民族为皇家专门预留了颜色与图腾，但子孙兴旺的祈求自有其另一面的神圣不可侵犯，必须全民共享。

她与他不过顺从地执行着种种婚庆习俗——普天之下，莫非王土；任何一地之习俗都被纳入皇家婚礼，这，到底也算皇家的不同吧。她与他在喜床上直面对视，下人捧上故意煮得半生不熟的子孙饽饽，近似巫术的相信，吃此才可得谐音之"生子"。他与她吃了。帝皇家对"下以继后世"的祈求或许比民间更为迫切，他与她应该懂得。两人随后在南窗前的铺炕上食合卺宴、行合卺礼，窗外响起精挑细选之侍卫夫妇满语歌唱的《交祝歌》。再次坐帐以求多子，吃长寿面以求白头偕老，福寿绵长。一套仪式未完，天已快亮。次日祭神，新娘走出洞房，需要捧起一捆柴禾，交给萨满收存，以象征妇道三日下厨房之意，又取"柴""财"谐音，寓意财源滚滚。拜神完毕同在喜床上吃团圆膳，再取和合美满之意。她与他都顺从地做了。

喜房中的喜床如一座欢喜的诺亚方舟，艳丽的颜色，饱和的祝福，今夜的繁复礼节后，帐幔将垂落，新娘将陷落其中成为女人。繁衍后代的女人。这重门之后的坤宁宫，皇朝子宫的最深处，她将奉献牺牲，孕育成就——胚胎将是悲是喜？洞房花烛夜，据说他面对她大哭一场。历史保持了最高的沉默，如今已很难佐证真相，可以确凿的是，他选她只是被迫，而她嫁给他亦是无奈。在皇家，谁都无法左右自己的命运。

她与他按规定完成了全套全面的民间祈福，婚礼的漫长道路才走完一半。这既是皇家的婚礼，无休无止的行礼与跪拜随即展开。在众人恭候下，新娘青春的身体上将按次序披挂皇权的道具，直至将她完全湮没。她将跟随相等盛装披挂的皇帝，先后诣皇帝居所、各宫之先皇圣容先皇后御容、当朝皇太后、皇上生父之母神牌等等。也就是说，从神而至先皇，太后，渐次才是人间夫妻，互相祝福。皇帝升座，皇后跪进金如意，而皇帝赐金如意。皇后再率嫔御等皇帝前行礼。最后皇后返回自己的居所，佛前拈香，升前殿宝座——这一次，她将接受嫔御等率公主、福晋、命妇等行礼，为人之妇、为国之母的地位于此在内宫奠定。终于可以小小告一段落——没有精力了。毕竟不过肉身。

在路的两端多是牌坊，另一种门，虚空的门

这座城市从不以道路来记忆路程。时至今日，这座充斥玻璃大厦宽阔马路拥有千万人口的城市顽固地漠视现代城市最基本的要素：根据道路而确定门牌号码。在现代城市的密林里，所谓定位就是沿着道路的脉络顺藤摸瓜，依据近乎军事化的门碑号码准确定位，不差毫厘。但在这座外表繁华的城市里，定位系统还是工业社会前的套路。你必须首先找到标志性建筑，所谓的路，往往只是标志性建筑物之间的连接。于是，所谓定位就是一场感性的故事叙述，终点遥遥无期，行者从一个标志走向另一个标志，在体积及影响上层次递减。从最初，诸如环城高速的出口、立交桥、便于指认的路边大楼、繁华的商场，临到终点，往往还得辅助以一个标志，比如前方的花圃，或者所有民宅里最深处的那一栋，最后才是第三个门洞内第四楼左手第一扇门。在这套系统里，每一个标志性建筑在方位上都是孤单的存在，孤单的基点。恰恰是这工业社会前的定位方式，使得这座城市或许最能体现资本主义异化功能之精髓——存在与存在之间有一种微妙的空间联

系，但各自为阵，不会有逻辑或命运将孤独的存在们贯穿一线。

在静芬的年代里，最富有指向性的建筑非门莫属。事实上，于这个文化，岂止一朝一女子之大婚途径的记载，浩如烟海的史书记载里很少有路名。在路的两端——那随时可以互换的起点与终点，为县志城记及诗词歌赋记录的是一座又一座的牌坊，另一种门，虚空的门，似乎比起点或终点更为辉煌的存在。这个文化的男男女女一生追求的最高成就往往就是这一座座跨越主路的虚空的门，高度统一的形式，全靠匾额对联来指示形式的归属，但匾额对联含含糊糊总结的生命故事往往全无个性，放之四海而皆准。当明清两朝天子居住在周密的紫禁城内时，民间对牌坊的痴迷病入膏肓。尤其女子，唯此一途才能留名青史。每一座女子牌坊无不血淋淋的，一座接一座排在交通要道上，挺立的身姿越僵硬，才越能争取到时间让路人看清曾经的存在与牺牲。有一种存在与牺牲为了前进，动态的，如路一般延展，无论多么缓慢；而另一种存在与牺牲只为回首，从一开始就注定给开始收敛的黑洞添加毫无意义的物质，遭到瞬间消解。同时被消解的是路的意义，前进的意义。留下的只是记忆中这些静态的门，持守着，记录着没有未来的往事。

当我们搜索静芬出嫁的途径时，看到记载里的关键指示并非一条又一条的路，而是一座又一座的门。进入皇家的路必须隆重而繁复，必须如此漫长的层层剥落，一节又一节的礼如一重又一重的门：纳彩、大征、册立、奉迎、合卺、祭神、庙见、朝见、庆贺、颁诏、筵宴。唯此之层层递进，才能证明皇帝的大婚乃是和阴阳安天地之要政，上以事宗庙，下以继后世。唯此之层层递进，被选中的凡人才能有足够的时间与历练，彻底脱胎换骨。在婚礼这于女人最重要的一天里，叶赫那拉·静芬实现的是双重的蜕变。她并非是一个女人慢慢走向命中注定的那个男人，平等的，人对人的；她走向男人，路并非水平的，更像是云端伸出了无形的手，攫住她飞升，她似乎于地面平直穿过重重叠叠的城门，同时也实现了人神之间的跨越。

在静芬的婚姻历程中，来路已恍惚，但门如花环，如冠冕，被历史不厌其烦地采撷珍惜。我们看到这个故事的起点在宫城的后门神武门。静芬胜出选秀，捧得信物，坐上为胜利者备好的孔雀顶轿舆，由神武门出，绕地安门回到家中。她的父亲率合府子弟在大门外跪迎，进入内堂，则母亲率众跪迎。往后好几个月，这位准皇后都将与家人隔离而居，整天由禁城里派来的太监宫女环绕。与皇家联姻非比民间，因了至上的皇权，这份关系的宾主发生异位。皇帝是至上的主宰，娶妻是主动的，而对方的嫁女行为由此并不存在。从此喜事的一切仪式都由皇家操控，纳采后的筵宴亦由宫廷赐出。妆奁同理来自皇家，绝不使凡间物件。虽然跳不出尘世的物质藩篱，同样是衣帽鞋袜、锅碗瓢盆、橱柜椅凳、行头摆饰之类，一盖上皇家的图章都是精工细作，极致选料，以至静芬二百多抬妆奁消耗几百万两白银。这却算大大缩水的皇家妆奁，十多年前倔强精明的阿鲁特氏皇后入宫，妆奁足足六百抬。越来越近大婚吉辰，连续两天，由銮仪卫校尉及内务府备差各项人役异请，将皇家的妆奁一抬又一抬送入宫中。这是大婚的正式序曲，路线选择了更能直面皇权的切入角度。由东华门而入，经由协和门、昭德门、中左门、后左门，最后通过后宫之正门——乾清门。

大婚的路线将遵循直面皇权的角度，不惜导致事实的绕行。迎亲的仪銮沿着严格的中轴线出宫。皇帝于太和殿阅册宝，遣正副二使，于龙亭陈设册宝，着校尉舁亭，仪驾前导，凤舆随行，由太和门中门出大清门而至皇后邸第——芳嘉胡同桂公府。翌日入夜，吉时起程，福晋命妇们伺候皇后升舆即由神武门、苍震门重新入宫待命。包括早些日已悄声低调由神武门抬入后宫的珍嫔、瑾嫔，她们被剥夺了每一位受现代西方思潮影响的女人都会耿耿于怀的蜜月特权，将随同恭迎一国之母的——诞生。至少仪式上的。

光绪十五年正月二十七日的凌晨，静芬踏上了入宫的路。在延续两天的妆奁仪队之后，大婚仪仗队里有数十对玻璃灯，百余匹马，另有伞扇、旌旗、灯杖，一路逶迤而漫长。从大清门开始，她一路插过天安门、端门、午门、太和门，于太和殿开始偏离轴线——与皇权象征直面正对时，皇后还是得退让、绕行。在宫里，她的路线与妆奁的路线重合了：由东侧之中左门而前，经后左门，抵达乾清门。这座门之后是她未来的家，未来的世界，未来的全部。

这婚礼非属一男一女或一个家族，更是一国之礼。漫长礼仪的结尾强音，特定于皇城正门之天安门城楼，有关婚礼成果的诏书庄严置放在城楼明黄色的几案之上，盛服的宣诏官登上城楼，将用满汉两种语言宣读诏书。城门之下仍是封闭的广场。

广场南前沿两列千步廊，安排各部执事衙门，等待皇帝随时指派任务，立即行动。那一天，文武百官及经过挑选的民众代表分列排立，面向城楼三跪九叩。已难想象究竟有多少人能够听清诏书的内容。根据一份半个多世纪后的珍贵录音，我们总有些担心：录音里，一位蔑视皇权的中国人在天安门城楼上同样宣读一份声明——已不复叫诏书了，时光依然侵蚀了现代科技，吱吱啦啦的电波杂声严重干扰着他的宣告，他的语调越加重，听起来未必见证他的力量，反而勾勒出另一面更为强大，却又无形的干扰。"俱往矣，数风流人物，还看今朝"，天安门城楼上骄傲宣布新朝代的人写下的豪迈词句，最终为自己酹酒送行。厮人俱已远去。

光绪十五年二月初四，捧诏官宣读完毕，重又合拢诏书，放入一朵人造的祥云里。如果有人没有听清诏书的内容，他们会真真切切地看到，这朵祥云由彩绳悬着，金凤飞舞于祥云之间，缓缓从赭红色的天安门城楼飞落人间。城门下的礼部司官跪接诏书，随即恭敬地送至大清门外的礼部衙署，一面设香案供奉真实的诏书，一面快速刊印以颁行天下。

恭照本年正月二十七日，皇上大婚礼成。二月初四日升殿受贺，颁诏天下，除应颁朝鲜国诏书由臣等奏。交该国使臣赍回外，所有应颁越南、暹罗、琉球、缅甸等国诏书，照例由驿交各该督抚转发，存留本国，毋庸缴回。其应颁各省督抚诏书，谨遵照道光十五年谕旨，由臣等领出，敬谨封固，交兵部由驿颁发各省，一体遵

照，仍由驿费回送交礼部，恭缴内阁。至在京王公、各
部院、八旗并口外蒙古等处及各省将军、提镇，由礼部
恭箱腊黄照例颁发，为此谨具奏闻。

　　驿路从天安门伸出四通八达的触手，将大婚的消息传送天
下。皇后至此才是一国之母。她将与他共同承担这个天下——
这是天赋的权利与义务。她成了半神的人，还是回归了人间。
当金凤降落人间那一刻，没有多少人想得到，叶赫那拉·静芬
将成为最后一位经历完整大婚典礼的皇后。没有多少人能得到，
就在不远的将来，文明磁场的偏移将最终导致起点与终点的位
移，中国版图将改变，路名将改变，很多门将消失，许多记忆
都将模糊。

那一种比沙漠还要干枯，还要零碎的情感呀

叶赫那拉·静芬住在紧邻坤宁宫的钟粹宫内。东西十二宫以钟粹宫最富生命力，在明初还是咸阳宫时就已指定为太子青宫。例常的宫殿布置，例常的红黄二色，却有大片大片的青翠之色，是生命不可抑制、近乎突兀的跳脱。是谓钟粹，生命之精华聚集一所。咸丰皇帝幼年曾居此十七年，慈安太后、同治阿鲁特氏皇后先后居此，如今轮到了她。

钟粹宫紧邻御花园，算得一块机巧之地。机巧之地必多变动，清末不多几次后宫修缮，钟粹宫即为其中之一。外表初看，钟粹门依旧应制式的单檐歇山顶琉璃门，左右琉璃照壁，隐隐预示钟粹宫的建制于东西十二宫中并无特出之处。一如明制所设，十二宫非但建筑铺排统一，原所各设"三屏峰照壁一座，地平一分，随毡宝座一分，随褥铜炉瓶一分，随香几一对，铜甪端炉一对，随香几一对，铜垂恩香筒一对，铜火盆一对，大柜一对，大案一对，随陈设六件"亦不偏不倚。

但踏入钟粹门内，除了满目惊奇的青色外，你会发现原来门里依院墙添加了游廊与东西配殿前廊相接，左右抄手相妆，在门前交汇，吮含着一座悬山卷棚顶倒座式垂花门。

钟粹宫

游廊舞动着这座宫殿活波波的底气，思绪随之灵动，举目游廊彩画，竟不是龙凤等体制性主题，却一径苏式，水郭乡村，白描曲径，沿路蜿蜒之黑瓦白墙，墙内大片留白，要给最轻淡的心思留足想象的空间。

令人欣喜又好奇的是钟粹宫别有心肠的门窗花式。但除了竹枝纹还有什么更合适呢？宫内一应细节都以竹而演化，包括游廊上苏式彩画里点缀的，亦是修竹一丛，迎风招展。难道是红楼梦大观园里住了林妹妹的潇湘馆吗？妹妹已逝，而钟粹宫又经粗鲁的现代修缮，宫里已很少本色门窗，多是那些一看就是机械运作下批量生产的菱花门窗，朱红亮金的油漆色泽，咄咄新气堆积在表面，以没有内涵的浮华恫吓观者的目光。只那一两扇本色门窗好似记忆的伤口，在新门新窗的喧嚣里自顾沉思。

沉默寡言、早已凋谢的静芬（左二）

这里住的并非林妹妹，而是"纵然举案齐眉，到底意难平"的宝姐姐。静芬表姐与载湉表弟在漫长的皇家大婚上按众人的指示，全方位严格操作了所有的祈福动作，但爱情最终无情地躲开了。进了皇宫，静芬表姐将发现最基本的生存需求都得不到满足。生存的需求并不仅是衣食。

也曾青春的静芬在宫中日益佝偻憔悴。流传后世的相片里，她面部表情木讷，眼神里流露的却是年青孤寡，一丝丝哀怨，更多的惊慌。她总是涵胸收腹以致驼着肩背，板滞地微微侧身——仿佛她无力直面人世，更无心直面人世，随时随地都准备转身逃离。无论是紧邻的御花园风光，还是本宫中的青色，都无法点染静芬的生活。紫禁城从此封冻了她的青春、热情与向往。寂寂的二十五年，四分之一的世纪，一个朝代无奈挣扎而最终消亡，她早已凋谢，在宫中不过凝固成一座可以行走的塑像。

　　据说在宫中捕捉她的身影并不容易。她沉默罕言，无论多么热闹的场面，她总寻找最容易被忽略的黑暗角落存身，她因而总是最容易被忽略的。她谨小慎微，还是难以满足众人的需求。皇帝想要一个真性情的女人调剂令人压抑的生活；太后想要一个强势的女助理一同掌控天下。当太后为了惩罚皇帝而将皇帝的宠妃打得皮开肉绽，那一板子一板子的声响竟将她打晕了过去。有些时候，她已找不到力量维持最基本的站立。她凝聚了所有的力量抹杀她自己。她强迫自己什么都不要做。她所做的都是别人说她做的。她连辩护都是低调的，难得对亲人解释宫中纷纷扰扰，她也没有愤怒，更没有对任何人的怨恨。没有。

　　她要逃到钟粹门后。据说只有关起门来，她才常常哭泣。偶尔，可以听到她打骂仆役的动静。那或许是她唯一高声而任性的时候——那是她唯一的，生气。生命之气。而对皇帝，她渐后也使过性子，甚至不复礼拜，关系形同水火。

　　皇家的爱情又能如何？那拥有爱情、同样踏着中轴线、从大清门入宫的阿鲁特氏皇后，一样没有得到幸福。野史有传年轻的她怀着遗腹龙种而绝食而亡。而她，中轴线上那座纸扎出的太和门，注定是天定的纰漏。天上人间的隔阂与误解越来越深。所有的祈福终将枉然。是谓无情。纵是皇家的气派，纵然谦卑与虔诚地祈求过，当婚礼的繁华褪尽，喧嚣褪尽，她与他面对着面，手足无措。两人间横亘着一条干涸的河床，河汉广兮，无以逾兮。牛郎织女的落寞还有七夕银汉迢迢暗渡的慰藉，她与他什么都没有。那一种比沙漠还要干枯，还要零碎的情感啊。在她与他身周则是一个朝代一个国家的分崩瓦析。她无能为力。

章二

水
火

午门
太和门
乾清门

那一把把垂名青史的火都
附丽在一座座城的肉体上

这座宫城与火有莫名的缘份。宫城尚未完全竣工,一场操之过急的庆祝就烧毁了宫城之第一门——午门,火势之大,救火指挥官亦不幸殉职;宫城落成一年而已,则前朝三大殿就为天火烧成废墟,直到十九年后才得修复。

这与火的缘份不仅在于宫城的最初建造者明朝朱姓,崇尚火德,按五行相生相克说,如此才能克制住彪悍蒙元的白金之性;更在于宫城之首五百年火灾连连,以至后人无法不怀疑,宫城的建立是否意在设计一份人间最高的祭品,以让袅袅烟火时时抵达天庭,别忘了还有个天子在地上管理着苍生百姓。

在风沙广漠的北方,宫城最初的设计者坚持使用了木料。大量的木料。既便在新都南京,如何防范宫城火灾早就是个话题,并为此偏好砖料。当年的京畿四地不乏草木,但宫城木料大都选用了珍贵的楠木。楠者,南也,要的就是这千里迢迢的征运。皇家建材的选择首先在于稀缺性——越稀缺才越是皇家的属性,何况这川蜀深山间的树木非得半个多世纪之孕育不得成熟。仅仅明朝不到三百年皇家征用,楠木不过五轮成长,及至康乾盛世，金丝楠木已告用罄，新皇家要么去明朝朱家之坟地偷偷摸摸，要么无奈地大方一把：以检省民间疾苦为由，改楠木而为黄松。

有很多机会可以趁改建而根除弱点，易木以砖，但宫城的两朝主人一次又一次坚持了最初的选择——一种可以最快速度实现外表最辉煌的材质。这民族自古就以木居为主，又以传承为重，唯木，才能使偌大之宫城，凡七十二万平方公里之占地，十五万平方公里之建筑面积，于短短数年间落成。就算设计与物料筹备，也不过二三十年。相对于西方以石建筑一座教堂，动工至完工凡数百年，在中国足以实现一朝一代之易换，而一朝一代之内，又有多少场天火及兵火？德国科隆大教堂，1248年动工至1880年完工整整六百三十二年，同样的六百多年里，中国从南宋末期几朝几代蜿蜒至清末光绪年前。就是这六百多年里，从元至清，中国的政治中心几乎都在北京，而北京的主人们又有近五百年就住在这木质的家里。

虽然是如此致命的建材，皇家的烟火庆祝却很少被削减。该庆祝就得庆祝，唯其庆祝，规模越大，才越是皇家的气派，而皇家与民间的区别，最终也就剩了等级与规模。有明一朝，宫城火灾两三年一次，司空见惯。火焰毕剥跳跃，传达的是否为上天的意旨？或者，权当作上天所赐福的另类游戏？明正德九年（1514）正月十六日，宫中元宵节亮如白昼，烟花花样翻新，高潮迭起，但灯烛烟花点着了乾清宫彩幔，迅速蔓延直至坤宁宫。皇帝非但没有下令扑救，反而谈笑风生："好一棚大烟火啊！"

烧就烧吧。中国皇帝眼中的皇宫跟身上的龙袍没有太大的区别。随时脱，随时换，一样容身，一样防寒避雨。而新一朝对旧一朝，一则要换龙袍，二则要换皇宫。数千年中国改朝换代，多少把火烧皇宫，不烧不足以把烟火送到天庭，宣告新一轮的天命轮替。比如始皇帝一统天下后梦想着三世乃至万世为君，平秃了蜀山去建一座覆压三百里的阿房宫，却不过二世，由楚人一炬，可怜焦土。夷人亦因地制宜。英法联军一把圆明园大火，烧的就是皇上最心爱的行宫，要的就是抢掠与发泄都无法完全满足的终极的意义的侮辱。所谓兵火，兵与火总是相连，兵与火通过城而相连。

城的诞生与兵相关。城是一群利益决定捆绑在一起的人共同穿戴的盔甲。"枪杆子里出政权"就是兵与城关系的现代诠释，因为城是政权的物质冠冕。有了城，火就找到了归宿，找到了真正的丰碑。城越壮丽，则火越成就。城与火互相生发。那一把把垂名青史的火都附丽在一座座城的肉体上，是政权更替时最丰盛的烟火表演。就算流民李自成，就算如何不堪匆匆一日皇帝，就算是坐在朱家的龙椅上成了皇帝的，临行前亦是要一把火烧了紫禁城。无奈王气不足，火气亦不足，并未能烧尽官城，还留下了足够多的殿堂让后来的清顺治帝励志图精。清字带水，水能克火，清朝严惩致火职员，一刀切格杀勿论，大赦之年亦不例外。高压政策相当奏效，在国运隆盛的康熙朝，半个多世纪里火灾不过两次。然而王气再度渐次孱弱，火事渐多，带水的清朝也有走到末路的一天。

中国历法的偏差越来越大

一座又一座门承担了各自不可推卸的历史使命，这座门坚定地承接了它的一份分配。午门原是中轴线上的宫城正门，如今万千现代游客每天凝滞于此，等待由此进入故宫。故去的宫城，紫禁宫城。

为了管理人流，午门前由闪亮的不锈钢栅栏隔出购票区、排队进宫区、及娱乐消费区。广场两翼廊庑厢房如今尽是另收门票的展厅、办公室及商店，路中还连设几座小纪念品商贩摊位。这一狭长条广场上人头攒动，喧嚣难耐，虽未入宫，却已过早进入高潮。现代游客来不及购买紫禁城参观门票，面临第一份诱惑就兴奋异常，争相排队等着古装摄影留念。他们如流水线上的半成品，依次披上肮脏粗糙的龙袍凤服，踩上空心木架的基座。数对游客同时起坐升降，背靠午门，面向镜头。劣质虚伪的华盖龙辇，真诚的满足的笑容："好，笑一笑！"咔嚓——

快门的咔嚓声并非戏台上"推出午门斩首"的配音。忙着购买纪念品或摄影留念的游客很少想到背后就是那座午门——每每戏台上的皇帝一怒："推出午门斩首！"但导

午门

游忙着买票点人头，没有心思解说，只想先将游客带入宫里。
也或许，导游亦不知真伪，的确推出了午门，但斩首远在菜市口。
午门的确也曾血淋淋的。明朝在太和门听政的皇帝们发起龙威
来，最方便的就是将大臣们直接叉到下一道门——午门之外。
中国式的打屁股，最高潮可令一百四十六位辛苦科举为官者中
的十一人当场被杖刑致死。原因？忠臣集体苦苦劝谏，不过求
明正德皇帝不要到江南广采美女。劝谏者恰恰太过理直气壮，
则皇帝偏偏觉得大面积刑杀才是尊严的最佳体验方式。

　　午门是宫城四大门中最有火气亦最有兵气的门，刀戟森然
的气质，盘镇在护城河上。按风水的讲究，午门乃宫城正南门，
南方从火，主大，主赤，是以火成为最理想的权力代言。宫城
自古坐北朝南，分布南朝北寝，取的是火能克金，金者，兵也。
以火克金恐怕有点科学的道理。迎着明亮温暖的阳光，心情的

确会振奋而昂扬，虚假的萎弱的在阳光的照射下都丢盔卸甲。

　　只有这座城门才最匹配得胜将军凯旋后的献俘大礼。这是宫城里唯一一座残留汉唐城阙风范的门。高高的凹字形城台成三面环卫之格局，兼具藏兵及防御之功能，必要时即可火力交叉防护。正楼之九间五进重檐，左右特设深阔各五间的方亭，由此向两翼城台延展出十三间廊庑宛若雁翅。汉唐城阙讲究高台崇伟，才能有一代霸王的气魄，感受大风起兮云飞扬，慨叹安得猛士兮守四方。

　　献俘当天，法驾卤簿的仪仗队对称排开，从太和门一直延伸到天安门外，旌旗招展，甚至动用大象。城上阙下，将士百官肃穆集聚。钟鼓齐鸣，皇帝马道登楼，升座午门正中。城下将校将敌酋之首押至阙下，兵部官员高声奏报请旨。明朝的皇帝只需轻轻一句"拿去"，身边从侍即高声传诵皇帝简明的御旨，两传四，四传八，八传十六，微波渐渐震荡为洪波巨涛，响彻云霄。而俘虏被拿走，就像一只小小的礼品盒被提走，由刑部收领。俘虏但去，鼓乐再度高奏，王公百官对皇帝三跪九叩——一切尽是天意。明朝为有史最孱弱朝代之一，偶有献俘的机会，自然超乎寻常的重视。

　　武功定天下的清朝在献俘礼上朴素许多，还增添一二相笑泯恩仇的慷慨故事。乾隆皇帝一年内两登午门受俘，心情愉悦，看到准噶尔部汗王达瓦齐既彪悍又憨厚，非但特赦，还封个王爷，赐个公主，将孟子之不王之王的道理学得精通，用得巧妙。理智的乾隆皇帝清楚"自古以来，未有一家恒享昊命而不变者"，于是密用姬周故事，谦逊地期盼传承二十五代，精挑二十五方宝玺，存贮交泰殿宝座之前。只想不到一朝一代命运之转折如此迅急、彻底，有清一朝不过传承了十代。

最早关于午门的历史相片记录了一个新世纪屈辱的开始。十九世纪二十世纪交接处乃是历史大发展的分水岭，封建王国被迫走入资本时代。相片里的午门外广场上绝无游人，地砖缝里迸绽出萋萋芳草。为了宏扬皇家尊严，中轴线一路最讲究空旷肃杀，罕有树木，遑论杂草？国力日退，数场战争，紫禁城发现自己裂了，碎了，裂缝里蓬勃着无从禁制的萋萋芳草。这座宫城终究是要换主人的。不在此时，即在彼时。

时刻的准确预测从来是神圣的政府功能。年历传达的是天的信息，这是天子的特权。完全揣摩出天的心意，并以历法的语言表达清楚，天赐皇权就是固若金汤。所以一年一度的年历由皇家垄断刊印，所以一年一度的年历总是隆重地颁发——明于皇极门（太和门），清于午门。

但准确预测时刻越来越难。自元朝郭守敬后，中国历法的偏差越来越大。重新准确预测要等到 1600 年，西洋人利玛窦辛苦经营，凭借地界地图、刻度盘、地球仪和自鸣钟获得北京朝廷的喜爱，继而慢慢获得认可，以至得到弥足珍贵的中国国籍——珍贵，因为这个国家至今都不轻易接纳外人直接进入系统。然而不过四十多年，根据西洋算法推演的历法还来不及颁布，悲怆的崇祯皇帝还自杀于景山。

入主旧宫殿的新主人对中西两种历法都没有经验，反反复复。历法两派既争执不下，年少聪明的康熙帝让两派代表人在午门比测日影，但皇帝发现自己根本不懂得如何决断孰对孰错。

皇帝痛下决心，延请西方传教士教授非宗教的数学、几何、天文等西方科学知识，据说起早贪黑，甚至用功过度而吐血。他很快发现"西法大端不误，但分刻度数间，久而不能无差"，根据某日实际测量日影，"此时稍有舛错，恐数十年后所差愈多。"盛世皇帝的担忧是正当的。

皇帝担心的很快就发生了。数十年实在弹指一挥间的岁月。乾隆皇帝更热衷的是人文与南巡，历法基本委任下属。当时清廷雇佣的钦天监多是传教士，在利玛窦入乡随俗的路上愈走愈远，已浑不见迹地以西方天文学支持中国的星相学，每年为政府大事以及日常生活选择良辰吉时。等到马戛尔尼公使率领的使团千辛万苦抵达北京，将吃惊地发现，北京朝廷供职的传教士兼天文学家们，虽在欧洲享有盛誉，竟根本无法预测日食和月食，也指不出月相或日出及日落的时间。他们的领导专程拜访远方来客，乞求怜悯与帮助——原来这些专家们一直依靠巴黎出版的《天文历书》，换算两个首都之间的经度差而制订历书，其余通通不懂。法国大革命使他们再得不到《天文历书》，他们的骗局即将暴露，而结局很可能是被斩头。使团出于同情送给他们一套以格林尼治子午线测算可一直用到 1800 年的航海历书，主教兼天文学家还有七年太平日子。七年。然后呢？当天子已不能复述转达天的语言，他还能统治天下吗？

启蒙运动前后的欧洲曾经长期迷恋中国。自 1521 年始，葡萄牙、荷兰、俄国先后已派出十五支使团试图与天朝接洽，可惜都无功而返，但勃勃生机的大不列颠认为自己与众不同，于乾隆末年的 1793 年至 1794 年，第一次派出马戛尔尼公使带领的使团前往北京。马戛尔尼在亲历大清朝廷后如此评论："中华帝国只是一艘破败不堪的旧船，只是幸运地有了几位谨慎的船长才使它在近一百五十年期间没有沉没。它那巨大的躯壳使周围的邻国见了害怕。假如来了个无能之辈掌舵，那船上的纪律与安全就都完了。"但船"将不会立刻沉没。它将像一个残骸那样到处漂流，然后在海岸上撞得粉碎"，此后，"它将永远不能修复"。虽然他认为在中国没有一个像样的战争机制"就无法改变任何事情"，他还是乐观地建议英皇"人道主义"。

最后一个大不列颠使团的派出在 1816 年至 1817 年。康乾盛世已然结束，清朝刚刚经历一场事变。嘉庆十八年（1813）秋，百余名天理教徒与太监里应外合，由东华门及西华门突入紫禁城。皇上正在热河打猎游玩，紫禁城内不过一群后妃太监，数位年青皇子正待休闲，只听多处太监一片的叫喊"关门"。究竟是本能以为关门可得安全感，其实做出错误选择——形同宫妃及太监亦别无生路，不过同归于尽。还是关门才好捉贼？但午门守将策凌竟"率兵开门首遁"。好在皇子们还残余着游猎民族的血性，打鸟枪，挥腰刀，协同当值官员渐渐平息事变。但事件的象征意义是重大的。皇帝将较先皇更多的猜疑。由阿美士德率领的使团抵达北京时，所谓友好通使的初衷很快暴露出实际交锋时的互不相让，无法相让。使团被要求子夜觐见——这当然是中国官员惯常的作息，但英国人嗅到的只是阴谋。使团坚决拒绝下跪，惊慌失措又懒得解释的满清官员索性七手八脚，试图将使者的肉体拉出下跪的姿态。骄傲的英国使者英勇反抗，未果，朝廷档案馆的记载称英国使者不能快走，多次称病，于是龙颜大怒，令其当夜离京。

同样是马戛尔尼的撤退路线，一路上已变当初谨慎的冷漠为公开的敌对骚扰。据说清朝官员故意派出乞丐挡在道上，又要让夷人们走，又不想让他们走得舒服。等使团抵达广州时，皇帝的信已通过快马寄到，并隆重转交使团。信文无比高傲："嗣后毋庸遣使远来，徒烦跋涉，但能倾心效顺，不必岁时来朝，如称问化也。俾尔永遵，故兹敕谕。"但和 1794 年一样，对使团撒了气，皇上反而能开恩颁布几条有利经商的地方性法规。不同的是，使团的新领导阿美士德得出了不同前任的总结：在中国，"屈服只能导致屈辱，而只要捍卫的立场是合理的，态度坚决却可以取胜"。

中轴线上最繁华却又最孤独的一点

午门是盔甲，解开这套坚硬的盔甲，才能进入十米高墙之后的天地，紫禁城。当向外封闭的同时封闭的是皇家自己。南北九百六十米，东西七百六十米，民间喜好传闻这座城中仅较天庭万间房室谦逊地少了半间，换句话说，共有九千九百九十九间半房，每一间或半间房都是带着门的封闭空间。

设计师的匠心在于，站立于午门中门的顶点，视域内对称展开一幅完美的图景。华北平原凛冽的蓝天，流光烁彩的金色琉璃波澜壮阔，黯绿的内金水河以标准的弧状束冠在前，五道汉白玉金水桥若箭在弦。箭指前方乃金碧辉煌的太和门，以及两侧忠诚的贞度门和昭德门。

唯此整片整片高纯度原色的几何搭配，使任何来访者视觉与感觉的平衡悬垂仪最终都静止到永恒的刻度上。皇权在此凝固，必须凝固方能万代久远。宁愿僵化以凝固，亦不愿变更以远流。有清一朝皇族每每近亲通婚，情愿日后繁衍不利，亦不愿血统被稀释。所以慈禧太后宁愿纸扎的假太和门，亦要坚持大婚的仪式。就是有一种仪式，一套体制，

太和门

其间每一个细节的坚守，都如关键卯与榫的契合，最细小的疏忽都可象征全盘的崩溃。

踩着白石御道向前，踏上正中最高最宽之内金水桥，视域渐渐收缩，唯此太和一门在目。宫城一路城门至此抵达高潮——这座门乃中国古代规格最高的门。它建在高高的汉白玉基座上，重檐歇山顶，面阔九间，进深三间，一门而占地一千三百多平方米。与其说门，莫若说敞开了的殿堂。此后之门又将潮落，乾清门面阔五间，坤宁内缩为三间。体制亦将随之潮落，太和

太和门

门宫殿式威武，乾清门体制缩小，外展八字影壁，丹陛在前，而坤宁门将是随墙单檐歇山顶。这潮落非但南北前后，亦是东西左右的。到最高潮的太和殿殿门，三交六椀菱花隔扇门，则以此为基点，前后左右延展，渐次降落至四椀菱花，或四直方格眼。

　　太和门配备守卫着的是紫禁城的高潮——太和殿，俗称金銮宝殿，皇权的最高物质化象征。历来，太和殿汇总了紫禁城的种种之最，它是开间最多、进深最大、屋顶最高、装饰及陈设最尊贵的大殿，但凡皇帝登基、册立皇后、命将出师等最重大仪式都在此进行，"每岁元旦、冬至、万寿三大节及国家有大庆典，则御殿受贺"。

太和殿是紫禁宫城的灵魂，真正的眼睛，而太和门是眼睛上翻卷着的长长睫毛，大殿前后十间三交六宛菱花隔扇门则是太和殿的上下双睑。这对眼睑平时总是深深地闭合着，偶尔轻启发，以坚挺的线条将外面世界切割出来，殿内深沉光线与广场上日光强烈反差，制造龙潜于渊的效果。就是这些与普通家门相仿的门，才能更为实际地对比民间与皇家。就在这一扇门上，热闹与繁华完全没有底线。太和殿殿门的裙板浮雕、角叶、看叶、钮头圈子、铜制鎏金、云龙镌刻，每处细节都是饱和的，精雕细刻的。如果误以为皇家威严以至拘谨，则在龙纹、云纹、花纹之方寸间，原来自然都退让，不复约束，只一任它们开放，升腾，达到最大限度的——美，满。只有在皇家，豪华上可以再披一层豪华，最饱和的暖色上可以再添一层热烈，完全漠视民间所强调所耿耿于怀的反差、调配或互补。在皇家，某一个维度可以没有终极，正向可以继续向前，可以无限制地添加与延伸。宇宙之"物极必反"的道理在此竟不适用。

如此重要之大殿，最初的兴建竟没有获得上天的祝福。1420 年，大殿刚刚落成，第二年便遭雷击，化为灰烬。明清两代，它曾先后四次披火，这并不包括周边种种极具威胁性的火灾。宫殿及宫门自建成以来亦多次更名，先是奉天，次皇极，终太和——奉天承运的气概与自信渐渐流逝，最终则是直接的祈求天命在兹。历经多次火灾后重修，太和殿原本面积四千五百多平方米，最终非唯面积缩小一半，又因缺乏木材，重要木柱亦非整根楠木了。

皇朝的运势早现衰颓之态。光绪的前任同治是历代清皇中最短命的一位,而之前诸皇事故频仍。祖父道光摊上了第一次鸦片战争与《南京条约》,父亲咸丰摊上了加倍的历史负担——第二次鸦片战争、《天津条约》、《北京条约》及太平天国运动。同治帝六岁登基,长年由东西两宫太后垂帘听政,直至十八岁亲政,不过一年就分不清是天花还是梅毒还是兼而有之,痛不欲生间匆匆辞世。连末代皇帝溥仪登基,虽仅三年即告逊位,之后又治满洲国,又做新公民,到底也在人间折腾了六十年出头,整一个甲子轮回。但同治帝大约也算最幸运的一位皇帝,短短十三年里竟一派奇异的温和气象,没有洋人入侵,但有兴办洋务,并由汉人主导于南方彻底剿灭了割据半壁江山的太平天国,是谓史上昙花一现之"同治中兴"。

中华帝国这艘苍老的船依着惯性航行。当同治急病而亡,两宫皇太后在养主殿召集王公大臣会议,决定以醇亲王之子载湉为嗣君时,据说王爷当场大哭以至昏厥。所谓一龙九种,醇亲王这一支貌似都是温和而"胸无大志"的。光绪之父,即老醇亲王,哭罢了立即密奏,"诚恳请罢一切职务",以杜绝亲生儿子重蹈嘉靖帝"大礼仪"覆辙。他的最低要求是"许乞骸骨,为天地容一虚糜爵位之人,为宣宗成皇帝留一庸钝无才之子"。而光绪之异母弟,即宣统之父,小醇亲王,迫于时事与隆裕皇太后一起数年摄政,退职后据说满心欢喜,唯求在家抱孩子。这位小醇亲王日后一将会面推翻清王朝的领袖之一孙中山,二将拒绝儿子溥仪北迁满洲国的邀请,坚定地要在后半生以一介白衣,于政治动荡中平平安安,颐养天年。两代醇亲王都得以

太和殿玉座

善终。载湉原本也可以是位醇亲王，也可以善始善终。但他成了"孤家寡人"，将走一条完全不同的路，送行的只有父亲的热泪。

1874 年，年仅四岁的光绪于太和殿登基。他的新生命始于他第一次落座于太和殿正中金銮龙椅的那一刻。太者，大也，而以形容未尽，则作太。和，应也。太和，以现代汉语来诠释，就是最深刻的契合。那一刻，是他与天之间契约的盟定。

太和大殿取制九五开间，取九五之爻，飞龙在天，利见大人之象。殿内金砖墁地，一水清亮沉稳的云灰色，才足以承载殿内极致的繁华。紫禁城中轴线宫殿内就这一殿，连木柱亦非惯例的纯朱红色，而是挑出焦点四周整整六根蟠龙金柱，双人合抱之粗，每根柱上都是一条腾云驾雾面朝宝座之巨龙，柱底为波涛汹涌的海水江崖，所谓"江山万代升转云龙"。所以七十二根大柱取六以极尽龙飞之象，据说正附和了乾卦中"大明始终，六位时成，时乘六龙以御天"。

这原不是人的空间，触目皆是沉默威武而神秘的龙。从内檐外楣到处双龙戏珠大点金和玺彩画，到跟随他的每一步，都是龙的足迹。他将沿着中轴线，踏上须弥座式的楠木金漆基台，基座雕满仰覆莲花，纹间镶嵌宝石，中轴线上红蓝色的地毯，龙攀沿着台阶，追随他的脚步一起上升。那蟠龙镂空的金漆宝座，背靠精雕细刻的髹金蟠龙屏风，头顶正上方是重叠三层极尽雕饰的藻井，藻井正中穹隆圆顶内盘卧一条巨龙，龙口衔着轩辕宝珠——一颗秉承神秘天意的宝珠，因为任何非天嘉许的僭越者一旦落座此点，威严的巨龙即会将宝珠砸在僭越者天灵盖上。

那一刻，父亲不哭了，孩子也没有哭。爱哭而胆小的皇帝在那天人契约一刻安之若素。这种深沉的感觉，他将是最后的一位体验者。他的后继者将不停地哭闹，直至他的亲王父亲口不择言："快完了，快完了。"而当日后袁世凯僭越宝座之际，则虔诚地将宝座基台向后推移三米，以防轩辕宝镜的天之惩罚。

而那一刻，孩子安然无恙。他与天之间早有契约。仅仅是他与天之间的。

这中轴线上最繁华却又最孤独的一点，这九州之国最中心最神圣的一点，是他的起点，他的原点，他的基点。从此，他不复为人，而是神在人间的代表。他是天之子。在这一点上，他借助众多的道具被烘托，被符号化，融入整个建筑雄阔的布局，成为视觉的中点与终点。从此，他成了文化的布局里不可或缺的那一面。他为龙包围着，与这个人世变换了位置——面对人世，并被人世面对。从此，他不复是人世的一员，而将与大清门、天安门、端门、午门及太和门一起，共同南向面对这个人世。

此时此刻，殿外广场群聚百官，等候多时的百官北向朝贺仪礼，三跪九叩，明确今后新一轮君臣身份。一切都肃穆有致地进行着。寒冬腊月里，唯有单调刻板的"跪叩兴"。太和殿及太和门檐下所设中和韶乐及丹陛大乐，却设而不奏，以表对大行皇帝的尊敬与哀思。台陛之下，香炉熏烟缭绕，不过是殿外人起人落衣冠肃肃之声潮，一轮一轮匍匐在他脚下。

铁锁锈迹斑斑

半个多世纪未曾开启，

天子与百姓间的距离是逐步拉开的。

早在数千年前，这文化就形诸文字，《周礼》《礼记》《仪礼》等典籍一口声地指周制"天子诸侯皆三朝"：外朝直接面向百姓，而内朝又分治朝为君王直接办公处，燕朝为商谈活动区。按现代的理解，外朝是公司，内朝是家，其中书房为治朝，而客厅为燕朝。区分三朝靠的是五门。五门说法自古纷纭，今从故宫博物院的整理，则皋、库、雉、应、路五门。"皋者，远也，皋门是王宫最外一重门；应者，居此以应治，是治朝之门；库有'藏于此'之意，故库门内多库房或厩棚；雉门有双观；路者，大也，路门为燕朝之门，门内即路寝，为天子及妃嫔燕居之所。"

理想早已成形，现实要以千年为单位去沉淀出清晰的模型。就在理想早期的先秦时代，五门直到雉门甚至应门都是活波波的、开放的门。雉门，即阙门、午门，古为防御和揭示政令之所，民可集之，更可为了情人而"挑兮达兮，在城阙兮"。虽有三朝五门之典令，直至两汉尚未出现中轴线以统筹。汉时前殿为大朝，东西两侧殿堂为常朝，而所谓离宫则既宫又苑，兼朝会、居住、游乐、观赏等多种功能，亦无须固定在哪个方位。两汉宫城只求城墙包围，方位要求相对自由。秉承先秦风尚，直到东汉洛阳，南宫与北宫间阁道相连，中杂以市——天子与百姓仍在很大程度上平起平坐。

隋唐至宋是慢慢地摸索。规章制度都与文化一起发展、成熟，这一过程中并无定数，只有这样那样的创新。先是隋唐年代，宫城被推向北面，并南向添加了皇城——天子开始喜欢重城的概念，将以层层的城墙来层层包装自己，越繁复才越珍贵。同样是隋唐，还极关键地诞生了中轴线的雏形。自汉至南北朝，一概正殿与东西堂并列，即大朝与常朝并列，只有到了隋唐才开始沿城内中轴线纵深排列——走过这段笔直的线路，天子在尽头。唐朝依次五门：承天门、嘉德门、太极门、朱明门、两仪门，但自唐高宗后，这位曾经喜乐的皇帝在宫城东北外侧的御苑兴建大明宫，并渐以此为主殿。这一次虽又偏离主线，其宫门丹凤门直接开向民居街坊，创出门阙合一的体制。似阙如门，凹字形体，在有限面积里扩大门前空间，创造强烈的震慑力，与平民进一步拉开心理距离。自此不仅四面城门为城阙制式，自此宫门之正南门都将采用城阙遗制——在进入皇帝的领域前必须单独地被再次震慑一下，被提醒：门后是座独立的城，戒备森严。这座城的主人不是复数的，不包括平民，仅仅是单数，一位旅居人间的天之子。

宋朝的汴京初现宫城地居城中，周以重墙之模式。先朝历代，宫城皇城多只在上风上水处雄踞,至此新城环着旧城,旧城环着宫城——天子似乎更满足于陷于重重包围之中以体会一种安全感吗?北宋宫城不及大明宫十分之一,所以遗留了官府衙署尽数在宫城外与民居杂处,而皇帝私用之苑囿则散布城外。宫廷虽有三朝,但受面积限制无法前后三殿。宫城正门之宣德门后即为大朝,但其他两朝不在一条中轴线上。为突出天子在人间深处,宣德楼前向南开辟了长长的御道,两侧建以御廊,街中以栅栏水渠分为三道,渠旁遍植花木,中为皇帝御道,两侧可通行人——是谓千步廊之滥觞。忆昔中州盛日,偏重三五,皇帝在宣德楼前与民同乐,但恍惚之间,落日依旧熔金,暮云照例合璧,只是人在何处?多少挽歌,俱是哀唱一种记忆无法再现人间。

被征服的文化很快找到了新的主人。新主人对此文化中规章条律的采纳与奉行甚至比原主人更为忠诚。因为必须弘扬,才能更好地炫耀战功,说服并有效管理骄傲的战败者。北京城作为千百年来的北部边塞之城,至此绽放,以至日后明朝朱家叛逆的皇四子发动政变,迁都北京,事实并未花费太多精力游说。都城在元大都的基础上,注入更多更严谨的理性,从未有一朝的天子盘踞过如此威严而完美的"家"。长长的中轴线,从外城进入内城再进入皇城,大清门后是千步之长廊,而天安门后还辅以端门,最后将对峙巍峨的午门,门后才是宫城。而宫城里同样是重门绵延,太和门后还有乾清一门。而皇家的门前几乎是关闭的了。百姓将经过严格挑选,作为代表,偶尔随同六部官员在天安门聆听宣诏。其余的时间,百姓们似乎都无法正面皇家之门。

明之五门分别对应大明门、承天门（今天安门）、端门、午门及奉天门（今太和门）。奉天门外为外朝，六部各司运作；奉天门则成了事实的皇帝听政之门。最初听政安排在奉天殿内（今太和殿），但上天一把火烧奉天殿，皇帝及臣子就势创造又一政治神话——听政于门可以将皇帝勤恳心意上达于天，于是更自然地渲染上天共同管理天下的政治理念。他们只是忘了，每天拉着上天一起听政，另一方面在制造皇帝缺乏执行力的嫌疑。或者皇帝这一职责具有高度的道具性？一切高度仰仗上天的恩赐，那么如此的恩赐，明朝末年之皇帝们竟能数十年不举一日之朝，国家照例在青天白日下慢慢运转。

清朝大约是中国数千年封建历史上唯一没有新建自己宫城的新政权，但爱新觉罗氏对紫禁城的继承是满族风情的。听朝之门继续向后撤退。皇帝们原来自穴居之族，本能与行动之间的联系尚未被所谓悠久文化历史沾染过深，他们就算有了宫室，起居办公也不喜欢人为的遥远，一笔蠲免了那些为了仪制表演而设计的距离。

清之五门变为天安门、端门、午门、太和门及乾清门。乾清门为紫禁城内廷的正宫门，就在原本皇帝寝宫之前，这一中轴线上的撤退方便了皇帝，却进一步拉开了天子与民间的距离。皓首穷经者指乾清门前左右建九卿朝房更符合"内有九室，九嫔居之，外有九室，九卿朝焉"的周制，仿佛是对祖制源泉的最高礼赞，但历史太过漫长，景深失控的观察忽视了一点，周朝皇帝与百姓之间并未横亘重重城墙及重重门楼。曾经，皇帝

乾清门

与百姓共同在高高城阙之后抵御外辱；曾经，皇帝与百姓杂居杂处，每逢佳节共同狂欢。俱往矣，天子退到了无可再退的一道门前。

乾清门是天子五门之最后一门，算是皇家真正的家门。前四座门，从大清门、天安门、午门到太和门，都是端够了架子给别人看的门。这座门在大清门的序曲，天安门的主题出现，端门及午门的强盛展开，太和门的高潮，至此需要一个个再现。乾清门照例门前三出三阶，但再现的风格更偏向人间气象。这是五门最后一门，政治管理似乎进入尾声，多了点放松、归家休息的意图。乾清门面阔五间，进深三间，单檐歇山屋顶，汉白玉石须弥座也在和蔼可亲的高度。两座梢间，青砖槛墙，方格窗，都是家居情调。最是门两侧的八字琉璃影壁开满了不败的鲜花。相比前朝处处为龙几乎令人窒息的威严，这座门似乎是进入快乐花园的前奏。

乾清门御门听政需要将门关闭。现代旅游业为了吸引游客，再现御门听政，乾清门九九八十一颗包金大门钉成了特定的背景。鎏金屏风这一次裱了圣训，宝座前的黄案不过是干干净净的办公桌。虔诚的人臣在皇上面前永远跪着——皇上虽是肉身，但他自有体制可以确保上天才能拥有的永远俯视的视野。在交通缓慢的年代里，为了满足皇上早朝勤政的需求，人臣披星戴月，定时赶到乾清门前，跪着将奏折捧到黄案上，退后继续跪着启奏。无论是君是臣都没有想过，国之根基的臣民百姓如此永远跪着，如何挺立迎敌，遑论冲锋？臣民为载舟之水，水不通畅，淤积凝滞，则舟漂向何方？

清朝盛世的皇帝每天早上就在此门听政，风雨无阻。有严谨的学究正式立项研究，以数学归纳，科学证明皇帝早朝的频率与国力之强弱直接相关。说是从咸丰后期开始，皇上常常"圣躬违和"，打个病假，就不必御门听政。而咸丰后的皇帝们更谈不上御门听政，体制转为垂帘听政，皇上不过是坐在黄纱帘前皇权的象征，而他朝服上的金龙是他作为皇权象征的象征。御门听政专用的礼仪器具由此多年收藏在大木箱内，说是清末有人亲眼见证，木箱因半个多世纪未曾开启，铁锁锈迹斑斑。

黄纱帘后是女人。满族女人的地位本来就高，又学会了汉文化中利用礼制突破男女性别导致的权力差距。满族的女人成了皇后，再贤淑，也会顶着家法跪在皇帝寝室之外，胁迫皇帝上朝，回头再将那迷恋了皇帝的女人拉到她的正宫里处置。一

大清国当今慈禧佑纶康颐昭豫庄诚寿恭钦献崇熙圣母皇太后

皇爸爸——慈禧

切师出有名，皇帝也只能以理相护。若果女人晋级为太后，那就可以每天派了太监到皇上卧房门外高声宣读："太后懿旨，皇帝起来办事——！"说是大清孝庄皇太后立下的家法，皇上一律四更起身，先恭读一卷前朝实录，研习先皇言论圣训，五更赶往乾清门御门听政。最高潮的是慈禧。从黄纱帘后开始，四十年坚定的执政。

他初听早朝时，宝座前必安一脚凳，方能登上宝座。黄纱帘后是他的老师，或主人——慈禧。他自幼就在宫中教养，被强化了克尊孝仪之重要性，他每天毕恭毕敬地朝拜"皇爸爸"，

Emperor of China.

光绪帝

每每处理政事，总以勿拂太后圣意为要。他曾学习朗诵奏章，
朱笔批注，但他永远无法让太后完全满意。据载，每次宴见，
皇帝与太后同坐一炕，太后在左，皇帝在右，即向中间跪起，
"先相对数分钟均不发一言"。之后太后徐徐开口曰："皇帝，
你可问话？"皇帝乃以极轻细之声问道："外间安静否？年岁
丰熟否？""二语以外，更不加一字"。仅此二问。永远的仅
此二问。无论是皇帝或是太后，从来没有期待过真正的答案。
总是太后接过去侃侃而谈。这粗通汉文笔墨的满族女子据说于
人情世故上翻云覆雨，一众文武大臣都因心思在其面前赤裸无

遮而畏惧。

这个国家缺了御门听政依旧运转自如。国家自有命运，待到某一时刻，任何个人其实都无法影响国家的运转。前明皇帝万历二十四年不上朝，不理政，社稷并没有亡在万历的手里。社稷亡在那励精图治的崇祯手里。他多次自称人臣。他的生父于他的期许并非人间之至尊至贵，他亦很愿意退位——他原本不应承继皇位，更愿意"不做亡国之君"。失败的变法后，已亥建储，全宫上下非惟皇后不复礼待皇帝，大阿哥入宫，每每昌言无忌，直称皇帝为疯为傻。他亦沉默。

指责他懦弱的人更应该钦佩他的忍耐力与判断力——虽然他最终还是失败的。那是命运。当太后冠冕堂皇道："皇帝，谁堪中选，汝自裁之，合意者即授以如意可也。"他冠冕堂皇地回答："此大事，当由皇爸爸主之，子臣不能自主。"

太后坚令其自选。就那一次，他竟然一度以为他真的有了选择的权力，或者，他一度以为他可以侥幸，可以真的选择一次，毕竟选择的是他终生的伴侣。荷尔蒙高涨的少年如何不会冲动？而他的选择明显是个不同的方向。后世正史野史异口同声：他曾经走向德馨之长女。但太后只需提高声调叫一声"皇上"，努一下嘴，皇帝就停住了向前的脚步。

他最初的判断是正确的。她不会给他真正的自由与权力。他的放弃，或许更是放爱人一个生路。当他的如意递给了静芬，他成全了德馨的长女一个幸福美满的凡人人生。这位美丽的女人日后将嫁给门当户对的男人，生儿育女。

1889 年，光绪帝在太和殿召集群臣，送出了亲迎新婚皇后的使团与仪仗队。但他要赢取的并不是心上的人。1889 年，于大婚前六月动工的太和门重修工程，于 1894 年四月历时五年终于完竣，内务府于整个夏天都忙着验收和接管。这一门之工程明码可结算的开销就在白银二十八万两。这一年的七月底，爆发甲午战争，国际地位从此一落千丈。这一次打败了龙的竟是他自己多年的藩属之国。还有什么尊严，还有什么借口？

在火的宫城，他是一渠弱水

其实有另一条路。这条路貌似诞生于漏洞，紫禁城故意留下的漏洞，却又是精心安排的一条路。从宫城城墙西北角开出一个漏洞，水门，来自遥远的水流注入宫城。西北为金，金能生水，生生相息，所谓金水河，流过规整到几乎没有瑕疵的宫城，从东南角重新汇入护城河。

这条路在宫城内的线路几乎是自由的，唯一的臣服在于太和门正前方，它收束为标准的弓形，内金水桥而正中御道所铺过的桥下恰是河身最宽之处，河身依次两向消瘦下去。最富裕的属于一线一点，这一点，它恪守。路线游离至后，模仿游龙之尾，九曲十八弯，生机盎然的形象。这条路如此自由洒脱，连紫禁城内屡屡火灾，它都放心大胆，安之若素。从来承担责任的都是别人。似乎没有任何事故能够伤到这条路。数百年来，这座城里只有它保住了童真，并将继续活波波地生存下去。那风起的涟漪并非记忆的伤痕，波光粼粼，大可看成是记忆的笑靥如花。

光绪本名载湉，湉者，"水流平静"之意。老醇亲王非但自己韬光养晦，对长子最初的

内金水河石栏杆

期许也不过平淡。虽说野史有传，铁嘴的算命先生早就断言了载湉的天命龙性，但小皇帝似乎从开始就并不满意这样的安排。小皇帝一入宫就不复乖巧柔顺的婴儿。身体虚弱，多病多灾，此外还心性敏感，他常常啼哭不止，令他那不太会爱的太后姨妈操劳不已。

　　他还没学会做人，就已经懂了"孤家寡人"的沉重含义。他的一举一动都必须符合天的规范，都代表着天在人间，都将被记录在案。记注官分日侍值，满汉两人将记录他当天的政治行为，皇帝谕旨，乃至与哪个女人在哪里同房。如此事无巨细，每月成册，年底送交内阁收藏。他没有权力翻看或修改。以现代人的理解，他将永恒地被多方位监视，从此不复拥有一丝一毫的自由。

　　他对尘世的生存全凭本能的摸索。他很快就懂得哭泣得不到同情，冷漠才是最安全的面具。他在面色阴沉的太监的环绕下，"一人独坐而食"。纵有喜爱的饭菜，太后斥令过，再喜爱的饭菜不得超过三箸——以防奸人察觉偏好而下毒谋害。太后自己实在是个纵欲的女人，但她很可能恰恰为此而更严格要求小皇帝无情无欲。一切打着"爱"的旗号。直到数十年后，姨母与外侄最激烈冲突，他想杀了她，而她已确定要废了他，她对他说："痴儿，没有我哪里有你，你我不过是一条绳上的蚂蚱。"

　　她或许还算慈善。她喜好排场，吃喝玩乐，但她可以容忍各派纷争，并以女人的心思左右斡旋，让一群揎拳捋袖的男人相安于一朝。她更有妇人之仁。至少，雍正皇帝对再喜爱的戏子，仅仅随口多问一句朝廷命官守备，当场面色铁青，立毙阶下。慈禧对无心的戏子唱出大逆不道之"羊入虎口有去无还"，不过轰出宫去，永不听用。若有优伶越阶一求御笔福字，她亦不恼。对激进的有意革除朝廷弊病的大臣，她不动声色，待大臣自己明白了体制之不可撼动，她不过轻描淡写的一句："以后做事看清楚，想明白。"不过如此而已。

　　仿佛谁比谁更无奈。即便当年鼎盛时期的乾隆皇帝，不过衣袖中疏忽留了绣花针，穿衣时扎到了龙臂，立即紧张到要以弑君罪论处两名太监兼其总管。皇帝纵然可以随时夺人性命，却活得危机四伏，甚至如此无奈无能——就算道光帝想喝一碗面片汤而已，臣子启奏特需拨款黄金千两，从盖专用厨房到聘用专门厨师购买专门食材，哪一个细节都不得马虎。臣服的是皇帝。由这些臣服了的皇帝们来掌舵一艘破败的航船吗？在一艘将沉的船上，每一个人不过本能的反应，只要有机会，只想伸出手去把握自己的命运——或者谈不上命运，不过是结局的方式。把握结局的方式而已。

就这样，他慢慢长大了。在这火的宫城里，他不过一渠弱水。这位面庞清秀而苍白的年轻皇帝据说"天颜戚戚，常若不悦"。戏台上唱着戏，他只静默地读着随身带的古书。他的身子很驯服地站立在被指定的位置，但他的心在古书所引发的想象里获得难得的自由。那是他的水路。他在虚拟的书香世界里不再口吃，他有了一个平台可以绽放。据说只要条件合适——比如太后不在现场，而他亲近的人就在身边，他完全可以是个开明欢快的人。

天阴了，雨来了，上天将以特殊的方式给这位孤独的天子送上快乐。到处的铺砖石砌，而屋瓦一应琉璃或琉璃般滑泽，这不是坚硬或理性，而都为了这一刻，舍不得浪费每一粒每一滴的雨水。雨水从屋顶顺着檐牙注流，院内地面很快积蓄了水，宫院一般北高南低，中高周低，来自上天的赐福如此被尽数收藏入定期疏浚的沟道，流向远方。水流之声，尤其是急流之声，那是他一生未变的嗜好，谁也夺不去的嗜好。

说他一生惧怕雷声。或许，他从雷声里听到了上天的愤怒，他知道有一把惩罚的刀剑终将落地，落地时，最高的牺牲将是天子。或许，他担心这又是一场考试，他努力完成考试，却总也考不好。在西方，被选中的摩西将上天的启示转达人间，而他虽被选中，却似乎未被真正选中。他焦虑，他恐惧。但那雷声往往又带来了他最爱的。每次暴雨骤歇，他摆脱了上天的愤怒或不满，复活一般，迸发出平时鲜有的生命的活力——冲动，勇敢。他常常冒雨疾行，匆匆跑出宫殿，寻找雨后沟道里急流的水声。

然而，他爱的亦不过是水声罢了。声者，从虚来，随虚去，未尝真正附着于人间之实物。这四合森严的紫禁城内，一切都是固化的，并不惜以僵化换取永恒。他喜爱的奔流之声，虚且不论，性急而促，若让老儒来评析，将未必是值得推崇的取向。后世评判，总能居高临下地指摘他的急进，改革时竟忘了"投鼠忌器"这一政治斗争之秘诀。后世轻易地一弯身，捡起前人失败而锻炼得的睿智——人乃环境的产物。每个人，包括天子，都被牢牢粘在现实环境的蜘蛛网上，想要任何行动，都得先看清路径——那随时会断却又粘滑无比的蛛丝！要抵达终点，必须选择相对结实的险径。所谓"胸有城府"大约是相同的深意吧。如果看不到明确的路径，看不到终点那敞开的大门、高耸的牌坊，行动，尤其行动不幸失败，仿佛那就是行动者幼稚鲁莽的过错。而行动所带来的希望、希望落空了的失望，自然都追溯到最初的行动者。更顺水推舟的，是逆着历史的发展，从失败的后果——在他的案例里为大清之亡——找到这根薄弱的蛛丝断裂的瞬间。如果成功了呢？但竟然没有成功！

他的归宿在水边。他的肉体被囚禁在孤岛瀛台，四面环水，浮桥相连。他愤怒、暴躁，传说他效仿空书咄咄怪事之典，于空中写满了他的愤怒。再激烈，亦不过画下写下他仇恨的替代品，然后粉碎纸片，千片万片，实施另类的凌迟。水路也罢，陆路也罢，于一位没有真正权利的天子，终是虚妄。

章二

水火 ／ 在火的宫城，他是一渠弱水

章三

零

点

东华门
天安门
新华门

天子满足于常住人间，忘却了归途

没有墙就没有门。必须先将自己封闭，才会寻找一个出口。生存的悖论在于我们先搭出了墙，与神隔绝，再寻求一个门的出口。初民总能想象出各式各样的天梯，或砖塔状，或豌豆苗盘援状，从天堂的漏洞里探伸进去，但天梯的结局总是不了了之。界限一旦产生就是界限，不应轻易逾越。

在苍茫的大地上，被逐离伊甸园的人们寻找另一个家园。这个家园将有墙壁自我环绕，就像人们将发现衣装可以包裹他们赤裸的肉体。空间最好是封闭的、有限的，这才是人所能把握的。最开始并没有门，不过一个相对封闭空间的缺口，如一处自然洞穴的入口。这个洞穴是遮风避雨的天堂，而这个天堂必须有漏洞才能容纳流民。洞穴昭示了门的本质：门本是一种残缺。

门的残缺呼应着人本质的残缺，人世本质的残缺。这残缺的产物，这洞穴，将容纳蹒跚而行的猿人，以及上天怜悯而恩赐人间的火苗。易灭的火苗于此抵抗着寒风，筚拨跳跃，将阴影如水泼洒向洞壁岩石，一幅又一幅启示的图像。扑朔飘忽的影子将激发猿

东华门内剥离了的门角

人第一次勾勒自己的存在，发明自己的语言。人类就这样背对着幸福而混沌的天堂，在不归路上渐行渐远。

　　人于这世界只是空降的过客，却迅速僭越了主人的席位，贪婪无知，将世界纳为己有，划分为一个又一个家，大大小小的家。但人无能真正自给自足，所以每个家必须留有一扇门。人生存于世注定依赖世界，依赖恩赐的交换。门是人占有疯狂里最后的一点清醒与退让，门是人留给自己最后的气口，好求索这个世界，交换生存的资本。

　　门，最初对缺口的掩饰，正像亚当夏娃离开伊甸园时哭嚎着以绿叶遮蔽了下体。人通过门与世界达成含混的协议，这含混容忍了日后的演绎。我们将看到，随着时间的推移，残缺的门口演变为炫耀，而掩饰本质的方法越来越复杂精致，以至人们早已记不起起源与本质。人类狡诈的智慧欺骗了自己。

门已不复是外出或求索的必然通道，却成为进来或拜访的必要通道。人已足够强大，非但将按着上天官苑的模式建造出人间的天堂，而进入这人间天堂的道路上重门林立，每一道门都是一句骄傲的警喝："嘿，小心，你随时都可能被闭之门外，因为这不属于你。"

这渎神的人类，健忘的人类！我们走向紫禁城，这座严格按照天上宫阙修建的皇帝之家。既然家已从天上搬到人间，还有什么必要回到真正的家？中国的世俗文化如此强大，天子满足于常住人间，终于忘却了归途。或者，天子受到了惩罚，坠落人间？无论真相为何，天子终有一日亦将逝去，而天子的家如被蓑蜕的躯壳，以自己易朽的木质材量承受上天最终的审判。

我们走向紫禁城，"穿过一堵又一堵空墙，走过一重又一重殿门，发现其后不过是又一条平淡无奇的路，通向另一堵墙、另一重门。现实虚化成梦境，目标就在这个线性迷宫的遥远尽头。"我们将发现，我们"如此专注于这个目标，如此期待着高潮的到来，但这高潮似乎永远也不来临"。

拆除城墙这些大问题

城特别要扎在大地的心脏里。这个文化自童年就痴迷"正中"。早在中庸之道成为全民精神之前，所谓都城就必得求于地中，"天地之所合也，四时之所交也，风雨之所会也，阴阳之所和也"，方能"百物阜安"，宜建王国。何求地中？以土圭之法测土深，夏至之日，日至之景（影）尺有五寸。

这个文化太早创立了种种人间规范，自我管理井井有条，以至后世之发展竟成了漫长的"礼崩乐坏"的过程——这文化的生命很不幸的，太早被定义为渐次的腐烂与溃败。千年回首，文化的发展潮起潮落，每一进退间有意无意的，是一个又一个异族走入文化中心的身影。是异族，西北边陲的秦统一中国，"车同轨，书同文"，皇帝亦梦想将九州宫殿之精华集于咸阳一城；是另一异族，引领中原文化进入盛唐，暮鼓晨钟，城门开合，长安城睡去醒来，如旷野上一个巨大的家。合久必分，分久必合，各族各派林立争斗，最终给了赵氏宋朝意外的惊喜。

都城自此将偏离真正的大地中心，向海岸线迁移。新朝代的管理亦随之偏斜而松懈。

五米长的《清明上河图》描绘了北宋汴京城内的喧嚣，以及这活波波市民之气如何冲散威严的皇家管理。皇帝将贪恋皇宫外的歌舞升平，夜游忘返，草原游牧民族前往劫掠的铁骑是上天派来的惩罚。一场漫长的梦飘落西湖，暖风熏人，醉不思归，区区一百五十年，完全臣服蒙元一朝——异族。

　　都城向北游离至北京。这千年以来的边疆要塞，或小国都城，于中世纪浓深的夜幕里绽放。在遥远的欧洲，持续数百年的文艺复兴即将滥觞，并将导致全球文化大洗牌。汉文化将自己的精华交于异族。女真、蒙古及满族，这些后进的异族以勃勃生机，兴致高昂地接纳了汉人文化，及至最后，有旁观者会说：他们"比中国人还中国人"。虽然朱家明朝曾经虔诚地试图迁都回到地理中心之西安古都，天命挫败了这一计划。都城最终挺立于北京，权力要展示于敌寇之门——这一立都的初衷距最初的礼制相差太远。不按礼制行事的结局将会怎样？

　　这城这门表面几近完美，是对历朝历代于城之理想上的集大成者。城是皇家形象塑造工程中最重要的一环，而形象塑造已成为皇权统治中最重要的手段——甚至超过文功或武略。这形象塑造的高度类似消费社会里奢侈品牌的诞生——商品社会发展到高端饱和阶段，欲望的满足只剩有奢侈品牌塑造一途。欲望已被透支，必须塑造欲望本身，而民众顶礼膜拜从虚而造的品牌，并以此为人生的真谛与全部意义。品牌泄露了一个秘密：永远不能物超所值。必须积聚大量的剩余价值，虚有的价值，才能盘活一大批资本社会末期剩余劳动力的生存意义及价值。就在西方资本主义胚胎孕育之际，另一种制度形态在北京落到了归宿。

这城便是归宿,这归宿亦如同上天的礼物,带着神秘的信号,被一层层包裹着,挑逗人类的好奇心。每一层包装都只有一个目的:递增极致奢侈品牌的价值。外城围着内城,内城围着皇城,皇城围着宫城,宫城最核心处围着天子的诞生地:太和殿的龙座。外城七门——东便门、广渠门、左安门、永定门、右安门、广安门、西便门,为百姓出入京城,或贸易或交流。内城九门——东直门、朝阳门、崇文门、正阳门、宣武门、阜成门、西直门、德胜门、安定门,各有用途。皇城四门——天安门、地安门、东安门、西安门,是文武百官进出宫廷所用。宫城四门:午门、神武门、东华门、西华门。一条生命之线,权力之线,7.8公里长的中轴线贯穿这层层包装的品牌之城。站在足够远的地方,你会恍惚看到一把阳光下波光粼粼的剑,那血与火的剑,笔直地穿透了层层包装着的礼品盒,每一处被裂穿的伤口,都是一座城门。

中国古老的四合院文化至北京,至紫禁城才真正成熟,并渐次僵化。对文化的阐释经过无数次修修补补,每一次都更细化——越细化,本质的变动即越微弱。一张细密的网牢牢地套住了这个民族、这个文化,竟无反抗的能力,亦无意愿。一种人间创造臻于极致,那便是尽头。上天早就警告过,连太阳亦必须升起落下,而月亮必须阴晴圆缺,慈禧太后为光绪及隆裕大婚提笔写下"日升月恒"的祝福,毋宁说是渎神之举。

但城的伤口与伤城的剑,一样的完美而高贵,值得一位热情的才子以身相许:

我们可以从外城最南的永定门说起，从这南端正门北行，在中轴线左右是天坛和先农坛两个约略对称的建筑群；经过长长一条市楼对列的大街，到达珠市口的十字街口之后，才面向着内城第一个重点——雄伟的正阳门楼。在门前百余公尺的地方，拦路一座大牌楼，一座大石桥，为这第一个重点做了前卫。但这还只是一个序幕。过了此点，从正阳门楼到中华门，由中华门到天安门，一起一伏，一伏而又起，这中间千步廊（民国初年已拆除）御路的长度，和天安门面前的宽度，是最大胆的空间的处理，衬托着建筑重点的安排。

由天安门起，是一系列轻重不一的宫门和广庭，金色照耀的琉璃瓦顶，一层又一的起伏岣峻，一直引导到太和殿顶，便到达中线前半的极点，然后向北，重点逐渐退削，以神武门为尾声。再往北，又'奇峰突起'地立着景山做了宫城背后的衬托。景山中峰上的亭子正在南北的中心点上。由此向北是一波又一波的远距离重点的呼应。由地安门，到鼓楼、钟楼，高大的建筑物都继续在中轴线上。但到了钟楼，中轴线便有计划地，也恰到好处地结束了。中线不再向北到达墙根，而将重点平稳地分配给左右分立的两个北面城楼——安定门和德胜门。有这样气魄的建筑总布局，以这样规模来处理空间，世界上就没有第二个！

这段话写于 1952 年，又一次新旧政权交接后不久。颂歌的作者梁思成是光绪年间维新派灵魂人物之一梁启超的长子。

与康有为不同，梁启超日后将坚定地反对帝室复辟，在民国政府里担任多项要职，而他生育的子女们将先后参与五四运动、淞沪抗战、一二·九运动乃至新四军革命。梁思成并不像父亲那样充满政治灵感，他在立志之年确定学习建筑专业，并终生以此为爱。对他而言，一个在攻城之前询问文物建筑以加保护的政党完全值得以身相许。当他选择紫禁城——旧时代极权象征作为新时代颂歌主旋律时，他并未感知其间一丝隐约的不协调。

梁思成对未来充满向往。未来是理想主义的，而他也就理想主义地试图保存一份极致——文化与历史意义的。他那被感性熏染过了的理性分析告诉他，社会主义将提供全面规划城市建筑的政治体制，避免资本主义因利益饥渴而造成的天生短视。在讴歌贯穿了京城、皇城及宫城的中轴线的同时，他展望未来新旧中西的全面融合。除了全面保留及维修破败中的皇家城市规划外，他最富想象力的建议当属在高大城墙上开辟出环城"空中花园"，所谓"环城立体花园"。护城河可放舟钓鱼，冬天又可滑冰；而城墙上面平均宽度十米，可以砌花池，栽植丁香、蔷薇，或铺草地，安放园椅，夏季黄昏可供数十万人纳凉游息。城楼角楼则辟为陈列馆、阅览室、茶点铺。他要"古今兼顾，新旧两利"。很长时间内，连苏联专家们亦站在他这一边。然而中苏关系很快将急转直下，城墙的命运走到了尽头。而一座城失去了城墙，就像战士被剥夺了盔甲，将完全失去抵御能力。城的命运也走到了终点。

1953 年，毛泽东就态度强硬地说："拆除城墙这些大问题，就是经中央决定，由政府执行的。"

权力的终极体现未必在于一个皇室之家了。推翻贵族统治的新政权通常将权力的象征批发在更利于流动的物品上，以实现短时间内的大范围覆盖，真正做到深入民心。国旗与国徽就是这样的物品。数千年作为权力象征的龙彻底消失了，留下的是皇家最基本的金红二色。主题将是新兴的五星，这五星在国徽上——国徽不复是皇帝的御玺——硕大地悬挂在天安门上空，而环绕天安门与新星的，是稻麦穗与齿轮交拱出的虹的造型。按1950年中央人民政府委员会第八次会议通过的《国徽图案》之说明："国徽的内容为国旗、天安门、齿轮和麦稻穗，象征中国人民自'五四'运动以来的新民主主义革命斗争和工人阶级领导的以工农联盟为基础的人民民主专政的新中国的诞生。"

国徽是梁思成领导下的清华营建系设计小组的作品。他同样热衷研究建筑的妻子林徽因亦属这一小组，她同样有着深厚的旧时代因缘，父亲林长民既是前清的秀才，又是1919年际的总统府外交委员会事务主任，是五四运动的推动者之一。当新政府确定要拆城墙之际，夫妻两人以书生之意气相拼。多年肺结核患者，并以性躁闻名的美丽女子林徽因拍案而起："有一天，你们后悔了，想再盖，也只能盖个假古董了！"抗争的结果众所周知。1955年初，这对旧时代因缘过深的夫妻先后病倒入院，4月1日，林徽因病故。日后这座城的种种溃败，上天免了她旁观的苦难。

新时代里最崇尚的是利益即时化

1912 年政权一交替，领风气之先的上海就开始拆城墙筑路，历时两年。这次非但是政权之交替，一城门匾额之更换已不足以释放历史断层中积累的能量。旧时代里以墙围绕而出的精英系统，以少为贵，正与新时代相龃龉。新时代将以多为贵，必得全面开放，八方来客，方才根本。

京城的萎落亦并不突兀，预兆早早显现，只是总得后来人回首，才看出草灰蛇迹，伏线千里。就在世纪之交 1900 年的兵乱里，北京多年固若金汤的外城城墙第一次被扒开豁口，于永定门东侧劈开一条裂缝，从而新时代力量的象征——铁路从城外刺入天坛。皇帝祭天的神圣场所当时为英军和美军的司令部所占据，或许并非偶然。不过一年，战胜方将再一次将铁路终点进一步延伸至内城正阳门东侧，即后来的前门火车站——直接就在皇城的大门口了。民间俗语"过一过二不过三"，但世纪之交，英军将在东便门南侧外城东城墙再次开口，修建铁路支线。

新时代将在这座古老保守的城市内落地生根。就在皇宫东华门外，东安大街两旁冒出越来越多的小摊小贩，皇家虽认有碍观瞻，却又意外地于1903年将多年弃用之八旗演兵场禁地辟为东安市场，这一市场最终将带动这城市的现代商品经济，并成为象征。1912年政局动荡之际，机诈的军阀曹锟于东安市场电影院内一把火起，东安市场烧尽可于第二年重新开张，规模更大，陈设更新，但那场火中同样化为灰烬的东安门却再未能重生。

溃败总是从心开始，亦必须由心开始。大清门改成中华门后，门后六部办公之千步廊很快被拆迁，倒是遍栽花草，辟为平民百姓都可享用的公园。城内洋车的数目迅速增加，并以穿越为快。1912年底，在退位的太后首肯下，天安门前T字形广场左右二门，长安左门及长安右门白玉石槛拆除，从而为新一年元月之长安街正式通行奠定基础。天安门前不复天街，长安左门不复龙门，为状元骑马而过，而长安右门不复虎门，每年秋天吞噬待死的囚犯。

城墙于民国时期已开始被分段拆除，理由就是为了改善交通和修筑环城铁路——一切都得为新时代让路。正阳门、朝阳门、宣武门、东直门、安定门五座城门的瓮城及皇城城墙先后被拆除。1924年，又在内城城墙南端西部新开了和平门，1937年新入侵者在东西城墙上分别开辟启明门和长安门，战争结束后，两座耻辱中诞生的门被改名为建国门及复兴门。美好的名字无法改变这样的事实：这些门是一个个的豁口，将昔日皇家的精气渐渐泄露。

又一次政权轮替。1950年，皇城西门——西安门葬身火海；1954至1955年，皇城北门地安门被拆除。至此，北京皇城四门仅余天安门一门。这一门的存身或许在于它成为了新政权象征。

1952 年 8 月，为了筑路而拆长安左门和右门，筑路以避免再发生类似情况："节日游行阅兵时，军旗过三座门不得不低头，解放军同志特别生气。"下午四时开始，第二天下午完成，天黑前将路面修补平整。拆下来的料移交给房管局，基座的石料在中华门北侧摆了很多年。据说当年当时，梁思成哭了。

昔日的天街早就是长安街了。长安左门与右门之被撤除，好比卸去昔日政权象征的左膀与右臂。紧接着将是门首。1959 年，在当时苏联专家的建议下，为了推整出更宏阔气象的天安门广场，昔日皇家第一门大清门（中华门）被拆迁。皇家院落已不存在，何需院门？但苏联专家设想的恢宏的视野并未维持很久，1977 年，大清门的原址上建起了长方形的毛主席纪念堂。广场的视野到底是天定的。风水总会自己调整到相对合适的比例，而帮助风水完成任务的，不过是自觉不自觉的、上天的棋子罢了。

溃败将渐渐加速。朝鲜战争期间，为便于在战时疏散民众，内城城墙增开大雅宝胡同豁口、北门仓豁口（东四十条豁口）、鼓楼大街北豁口、新街口豁口、官园西豁口、松鹤庵胡同豁口等六处豁口。溃败的同时，风化亦在新的政治风云下加速。外城城墙自 1952 年始陆续大规模拆除，不到十年就拆除一尽。20 世纪 50 年代被拆除的城门包括永定门、左安门、右安门、广渠门、东便门、西便门、广安门。

1956 年，中轴线起点的永定门已成"孤家寡人"。1956

年10月，朝阳门城楼拆除完毕，据当时《北京日报》记载："这座城楼有二十四公尺高，墙身楼顶等共重约四千六百吨。由于年久失修，发现墙身多处下沉、裂缝，部分柱子向外歪斜，飞檐和柱子接榫处很多糟朽，南面楼门劈裂下来。如果不拆除，随时都有倒塌危险。"我们相信报道的真实性。无论通过哪条途径，生命都消亡。有必要将有限的国家资源用于皇家的花絮吗？

更何况十年旧城改建是政治问题。所以伟大领袖于1958年1月不点名批评梁思成："北京拆牌楼，城门打洞也哭鼻子。这是政治问题。"同年，最高领袖指示："拆除城墙，北京应向天津和上海看齐。"整个国家陷入的"大跃进"亢奋无以自拔。当"大跃进"随20世纪50年代的结束而结束时，全长39.75公里的北京城墙的外城已被全部拆除，而内城城墙拆除一半。

失去了双重盔甲的旧京城如同残障人士，再有风吹草动，注定无力反击。1965年，北京地铁因为反修防修而被立入日程。一为了符合军事需求；二为了无须大量拆房之便宜，确定工程依城墙而建。一期工程拆内城南墙、宣武门、崇文门等，全长23.6公里；二期工程经建国门、东直门、安定门、西直门、复兴门沿环线拆除城墙、城门以及房屋，全长16.04公里。存留的只是正阳门，因为周恩来在地铁开工建设之前，驱车沿城墙一周，发现正阳门城楼和箭楼对天安门广场空间布局意义重大。而天安门广场是必须捍卫的政治心脏。

北京内城城墙在这次劫难里被彻底拆除。按王军在《城记》里的形容："先是开豁口、拆毁一些城门，再是如'蚂蚁啃骨头'

084 重门

般被逐段肢解、蚕食，最后干脆是'墙倒众人推'、连根挖掉。"据记载，因为 1969 年随时准备打仗，10 月中旬到 11 月中旬仅一个月，北京全市平均每天有三十万人义务战备，拆城墙，取城砖，修建防空工事。

历史只有一个评判，那就是历史本身。当时间流逝，景深拉长，在中西新旧的较量里，我们理解当年吟诗诵志的大学建筑系学生："古老的城垣，/一直沉睡了多少年！/……今天，它翻身了，/……它像姑娘们一样年轻了，/丢开破烂的城堡，/一块块方砖，/从泥土中站起来，/阳光下露出笑脸。"我们亦理解另一位当年拆除城墙的中学生，数十年弹指一挥，他写下了忏悔："在那尘埃漫漫、刀斧霍霍之中，一种同那个时代非常对味儿的破坏欲支配着这些人，使他们除了冷酷和残忍的竞赛之外，压根儿没想到自己是在剁挖北京的骨肉和民族的精魂。"他的忏悔最沉痛处在于他甚至无法直面自己，只能用复数式的第三人称，"他们"，而不是"我"。但哪位个人将有勇气对立于时代的潮头？尤其在这一个总以群体性定义个人的文化里。

梁思成在北京城墙被拆除殆尽的那一年，1972 年初，辞别人间。他死前不久再次在家中被红卫兵批斗，与林徽因共同设计的人民英雄纪念碑花圈纹饰被倾箱倒出，撕碎践踏。他无意再收拾被破坏了的美好记忆，他说："算了吧。"并亲手点燃了火柴。他似无留恋，将稿纸一片片投入火中，只在最后一片稿纸时停顿，凝视良久。最后一片亦扔入火中，送别的是火光映照下的泪光。这一次不复是痛哭。痛哭是需要精力的。他已竭尽全力，是放行的时候了。

　　梁思成去世仅仅一百多天，命运的无情继续上演。美国总统尼克松意外访华，破冰之旅随行者中包括梁思成夫妇昔日的朋友，费正清夫妇。费正清夫妇看到北京的旧城墙仅有两座城门幸免于难，他们看到梁思成夫妇原本招待友人的怡情的四合院已沦为贫民窟，曾住五人的空间挤下了三十多口新中国的新公民，只是曾经攀爬紫藤的院中不再有鲜花。一种本质的精神腐败，沦亡。只有一点不以人的意志而转移：建筑原来自始至终与权力代言人紧密相连。新中国的新主人们需要人均其屋，这原是无可厚非的美好的政治理想。

　　皇族贵族都被打倒，覆巢之下安有完卵？整座城的一片片的四合院都将走上破败的路。等到这个国家从长期政治狂热及动乱里清醒过来，已然面目全非的京城再次沦入劫难。民众的狂热从最抽象的理念顿然摆至最实际的物质，一度，这座城每年皆以拆迁六百条胡同的速度开始另类的"赶超英美"。再一次的，两种力量如此不成对比，时代的欲望野蛮而压倒一切。跟在推土机后面走到胡同里随机调查一下，回答高度一致："为什么不拆呢？这么破这么旧。"失去了紫藤的四合院的确无甚留恋之处。新主人们曾经急于进入，如今又急于离去。破旧与拆迁之间的因果因缘，总被一笔带过，无人过问。

　　残留的胡同和四合院大都粉饰一新，门庭改径。四合院已不复是民居的概念。就算当今豪贵，一般不过购置一片平民院落，通水通电，并很多用以商途，以钱生钱，方是时代最流行的生活方式。少数被圈地保护的王府公府，无非机关占用或作为公园开放，门票都在数十元人民币——以人均收入来看定位高昂。

就连紫禁城内建福宫都被定位全球顶级富豪私人会所，一百万元人民币入会，建筑再一次与新时代的权力代言人紧密挂钩。新的代言人生性沉默，他们是货币，是银行里私人存款的那一串数字。

公府改建典范之一包括叶赫那拉·静芬当年入宫时的起点。在《光绪帝婚姻档案》曾被工笔绘录的桂公府几经转手修葺，改建为高档酒家兼会所。餐馆取名凤凰阁，主打是烤鸭。为了宣传，中年发福的老板操一口胡同里的京片子，邀请电视台记者去拍摄院落里的白海棠两度开花。烤鸭店已不复坐落于胡同深处，芳嘉园胡同仅存为街道的名称，举目四望，尽是林立之高楼林。11号的新桂公府随时而进，门槛已被蠲免干净，以便一车之长驱直入。新时代里最崇尚的是利益即时化。

失去了四合院的幽深勾连，残留的胡同往往通直敞开，如被展示的横截断面，无首无尾。残余的胡同两侧已非真正的四合院，所有的门都紧依道路而开——越紧就越能贴近潜在的消费金主，由此就越富有商业价值。一模一样的景象始于一百年前，政权交替，东安门附近八旗子弟赁屋谋生，将四合院房交给新时代谋利的商人，自然被改建成朝街开放的商业用房。商品欲望的坚船利炮分裂了幽静的胡同，形成多年间北京最繁华的商业大街——王府井大街。如今的王府井大街又将是残余商业胡同的未来吗？

王府井大街始于东安商场。清末年间，荒废多年不用的旗军操练场被圈成商场，免得沿途摊贩，皇家贵胄出行有碍观瞻。商场即在东安门下，即以东安为名。东安门是民间通往皇城的路口标致牌坊，七间三门黄琉璃单檐歇山顶，当初一把火烧，门没了，商场越烧越旺。但如今的王府井甚至找不到东安商场了。有新东安商场，有东方广场，都是现时代最典型的玻璃大厦。蹊跷的是，自从豪华的玻璃大厦落户王府井，曾经热闹的人气却骤然低落。新时代里的豪贵们并未撑起这一片天空。

我们转到王府井大街，走在那些相对紧仄的路上，横穿如今已沧海桑田的南北河沿大街，在几乎交拱的两道绿树的尽头，遥立一座沉静的宫门。东华门见证了东安门于火中化为灰烬，见证了王府井的百年演变，气定神闲。走近东华门，宛若被一股巨大的磁场所吸引，这磁场能滤清满是尘埃的思绪。红墙绿树白桥，而那桥下的水在波光里混了些沉郁的蓝。这座如此忙碌的城市里，总容得下几位家常服饰的人在东华门外钓鱼、聊天、散步、遛狗，他们很可能彼此相识，竟还家长里短。

东华门因了特殊的位置，没有天安门的威严、神武门的商气、西华门的僻静，却在紫禁城与王府井之间，为北京存留了一份古老而温暖的活力。这或许并不意外。东华门因其紧邻太子宫，本就是座朝气蓬勃的门，亦是座亲民的门。依严格礼制，皇家门钉向例九行九列，九九八十一，纯阳之数，但东华门朱红大门上八行九列，不过七十二颗门钉。偌大紫禁城，仅此一门。据说东华门为太子、臣子、士子等进出宫城专用，所以依例递减一排门钉。

东华门重檐庑殿顶，城台中辟三门券，外方内圆，取天圆地方之意。数百年间，官员们上朝陛见，走的都是东安门，跨过皇恩桥，于东华门入宫。皇恩桥下是开自元朝的通惠河。想当初，曾经漕运繁华，喧哗之声传入东华门后的皇帝耳边，一时心烦，明朝皇帝下令东移皇城，将河道锁入皇城城墙之内，一举截断一条千年运河最终的繁华与热闹，下游积水潭商业区因皇家的耳根清净而衰落而搬迁。然而衰落的路竟也是条不归之路。东安门成了第一座被烧毁的皇城之门，民国政权很快开始拆除皇城城墙，并填河为路。新时代的交通讲究速度，火车铁路、汽车马路、水路成了垃圾蚊虫聚集处，必填之而简易。现代的路果真带来了现代的兴旺。新兴房屋迅速生长，人烟阜盛，这样，民间的喧嚣再一次逼到了皇城根底。

消失的是皇城的城门与城墙，消失的是皇帝与后妃。沿着最后的宫墙，顺着护城河水慢慢走着的，是一介无怕谓了不得志向的、快乐而知足的白衣草民。

这个古老的文化迫切需要一个零点

天安门，大明一代原名承天，奉天承运。但据说这座正门最初形制朴素，明朝时不过面阔五间，进深三间。要至大清朝才更名为天安，受命于天，安邦治国，由此改建为面阔九间、进深五间之九王之尊。皇城三大中门里，天安门最为高大，连其正北南向的宫城南门——午门，亦略低于此。中轴线上只有太和门更为高耸。但大清门至端门向来部委林立，官员忙于办事，而夹在其中的天安门直到1941年，还是颇被忽略的存在。

在1941年首发的《清宫述闻》里，虽不厌其烦地依紫禁城各宫各门各路而搜罗了相关历史档案信息，皇城三大中门之大清门及端门各得三百字，而天安门不过短短一百米字。大清门"其北正中南向者为天安门（初仍明旧曰承天门，顺治八年重建始改名），五阙，上覆重楼，九楹，彤扉三十有六，前临御河，跨石梁七，为外金水桥。桥南北石狮各二，其南华表对峙，国家大庆、覃恩、宣诏书于门楼上，由堞口正中，承以朵云，设金凤衔而下焉。是为皇城正门"。不过尔尔。

天安门在新时代意外获得万众瞩目的新

天安门

生。中华人民共和国国徽设计组的负责人梁思成最早并不同意
将天安门设计在国徽之中。这位坚持保护文物、强调建筑艺术
之古典传承的设计师正是因为缺乏政治敏感，才会拒绝将一座
城之一座门与政权挂钩。他当然让步了。他之后将不停地让步。
他所有的保护努力大多无济于事。一座城去旧迎新，一旦不仅
是新登基皇帝的需求，而是全城全国每一位平民百姓的需求时，
这就形成了历史的潮流或车轮，无从可挡。其实梁思成早于
1949 年 10 月 1 日下午就已深刻体验历史的潮流或车轮的力量。
他登上天安门往下一看——一片红色的海洋，"群众的力量在
我眼前具体化、形象化了"。所以当他同意让天安门纳入国徽，
天安门将被置于一面顶天立地的五星红旗之下。可叹他从来没
有真正明白这个布局之政治深意的广泛影响。

天安门

　　毛泽东最初并不很喜欢天安门。他说过："自从 1840 年鸦
片战争失败那时起，先进的中国人，经过千辛万苦，向西方国
家寻找真理。"他心中的蓝图在西方的红场。所以他会"嫌天
安门顶儿上离群众太远，又比了一下说列宁墓离游行群众是多
高，天安门太高了，高高在上不好，所以要在天安门下面，就
是现在跨在金水桥上搞一个矮台子，二层台"。但他很快就会
发现群众毕竟是个概念。要与百万群众实行最直接最亲密的沟
通，而不是被淹没，他必须拉开与群众的距离，登上巍峨的天
安门城楼。群众力量壮大了，相对应的天安门城楼顺理成章地
在中国历史最空前绝后的文物破坏潮里竟得到了重修与翻新。
1969 年 12 月 15 日，北京市对天安门城楼进行落架重修，城楼
内并增设了上下水、暖气、广播电视、新闻摄影等设施，重修
后的城楼被加高八十七厘米。毛泽东对天安门的偏爱日甚一日。

在最狂热的年代里，太阳并非从海平线地平线升起，而是从天安门上冉冉升起，金光四射。

天安门的新生困惑了梁思成。他曾辩论：既然天安门可以新生，为什么一定要对北京的城墙城门赶尽杀绝呢？没有了政治意义的旧物事难道连存在都没有理由了吗？他以为在新时代里能对一个老问题做出新的回答。

但更多的根本不会去纠结老问题，比如一位从陈以淮改名为陈干的工程师。他在新中国成立之前从江南赶到北京，他灵敏的政治感觉为他赢得了重要的规划工程。他将为开国大典负责整治天安门城楼和广场，确定升第一面国旗的旗杆和未来人民英雄纪念碑的位置，负责设计天安门城楼内部的装修和广场上旗杆的台座。

建筑再次成为了政治的竞技场。梁思成们的方案经过斗争，很多还是被接受了。陈干如何说服新政权采纳他对新时代的建筑图解呢？他没有翻阅营造式法或建筑力学，而在恩格斯的《自然辩证法》里找到了灵感的源泉。恩格斯分析了零的性质，零是任何定量的否定，但也有非常确定的内容；在解析几何中，只要它的位置一定下来，它就成为一切运算的中心，从而决定其他点和线的方向。灵光闪现的陈干以此零的观点来分析他的计划，设若北平内城为一个坐标，"零点就是紫禁城，城市其他部分，都要据此安排，所以有分明的中轴线、左右对称的格局，有相应的道路系统等。现在，时代变了，皇权成为过去。如果让北平作为新中国的首都，城市仍以紫禁城为中心，那跟过去还有什么区别？时代特点又何从体现？"

"新中国的首都，城市的零点应该定在天安门广场，说得更精确些，应定在升起新中国第一面国旗的旗杆位置上。怎样实现零点从紫禁城向天安门广场的转移？陈干说，北平城的中轴线上承先秦时代的城市规划思想，所以零点仍然要在这根纵轴线上选定，当然横轴就要随着这零点南移，这只能也必须是东西长安街了。这条大街未来的历史命运，就要被这零点所决定：打通、拉直、展宽恐怕都将是不可避免的，否则就难以和中轴线相称。"这个古老的文化迫切地需要一个零点。一旦"把旗杆位置定下来那一刻起，新中国首都城市规划的中心就历史地被规定了随之而来的，就将是整个北京城的改造和新中国首都在亚洲大地的崛起。"

中华人民共和国建国十周年将天安门广场扩建工程提到日程之上。建国初期的天安门广场虽经早年民国政府拆去千步廊，代以花草，但很大程度上还是保持了昔日皇家 T 型广场的形状。随着天安门的崛起，新时代的政治统治者找到了舞台，而政治被统治者也需要舞台，这才两相呼应。

早在建国之初就有人倡议修筑一条"能应付将来一百万人队伍的大游行"道路，十年之后，条件成熟了。东西长安街将大大拓宽，而天安门广场则据说遵从了毛泽东亲上天安门城楼指定的规模和布局。T 型广场被展开成为东西五百米，南北从天安门到正阳门长八百八十（八百六十？）米，可容百万之人，为久病羸弱的中国创造一个难得的世界之最——世界最大的城市广场。这一次，内战获胜者将再次获胜。他们所奉持真理的发源地，红场，不过九公顷，相对天安门广场"只能算是一段稍稍加宽了的干道"。

天安门广场的扩建好比打翻了皇帝的祭天冠冕。大清门至天安门的中轴线，刻意插断百姓正常的脚步。这是权力之剑，人人绕道而行，尊严无时不在。纵深感极强的中轴线塑造出了时间感，必须一步步靠近终点，而流逝的时间提醒行路人永恒与天命。这是与整个京城、皇城、宫城建筑理念紧密结合的。皇帝逊位后拆迁千步廊，开放长安街，纵深的格局并未改变，直到天安门广场的扩建。

封闭格局的序曲被强行打破，横向的长安街上，如非滔滔车流即是汤汤的阅兵方阵。天安门城楼下的世界沿着长安大街，呈现水平的地理的拓展。这才是现代性的征服与占有的形态。伸出双手，拥抱的奢望竟是全世界。人的欲求已无边界。意气风发的毛泽东站在天安门上，南向一望，指点江山，想象着世界将"到处都是烟囱"，"消费城市变成生产城市"，人定胜天的另类展示。零点的确定就像一片薄冰上被敲出一个漏洞，短暂的静寂后，冰裂迅速扩散。

昔日的城门彻底失去了意义。曾经，如果把京城"比作一个巨人的身躯，城门好像巨人的嘴，其呼吸和说话皆经由此道，全城的生活脉搏都集中的城门处"。曾经，门里出入的"不仅有大批车辆、行人和牲畜，还有人们的思想和愿望、希望和失望，以及象征死亡或崭新生活的丧礼和婚礼行列。在城门处你可以感受到全城的脉搏，以至全城的生命和意志通过这条狭道流动着——这种搏动，赋予北京这一极其复杂的有机体以生命和运动的节奏"。写下这个感想的外国人同时也预感北京的城门大约无可延续。他预言对了。

除了有限的几座，城门将退出城市的视野。高楼才是新时代的冠冕与花环。如今在天安门城楼上放眼，到处是欲望的烟囱——玻璃大厦插满了这片土地。旧胡同与四合院的位置让给了无数栋采纳了西方地名的楼或楼群。最高潮时，一处楼群宣扬其综合了近十座世界名城之精华——独独没有一座中国的城市荣登这排行榜。

复活了一座座门的将是北京城的地铁。地面将寸步难行，时间与金钱两相捉襟见肘的平民将依赖地铁而奔波生存。北京十条地铁线路，八条都是新世纪之交的前后十年所建。对潮涌的后来者，这些门已不仅是地下的站名，也是由此指引希望的门，由此投入地面火热的生活。每当标准的中英报站声响起，列车就将冲出黑暗，抵达被人工日光照得惨亮的地铁站台，在这瞬间复活的门包括：十三号线的光熙门、东直门，十号线的健德门、安贞门，二号线的安定门、东直门、朝阳门、建国门、崇文门、前门、和平门、宣武门、复兴门、阜成门、西直门，以及一号线的天安门西、天安门东。天安门西与天安门东地铁站的位置分别很靠近当年的长安左门和长安右门，是刻意的吗？还是冥冥地昭示着另一种轮回，或复活？这意识令人不寒而栗，命运总是如此静静等待又一朝又一代的人争相上钩吗？

在拥挤的地铁里，目光不好意思落在对面年轻姑娘身上，于是找到了车门边的地铁图示。最早的一号线深红色直线横切二号线深蓝的方框，停滞了很多年，在近十年城市消费欲望迅速膨胀的刺激下，更多更张扬的色彩竭力向四方伸展。已无横平竖直的规矩，只有欲望的恣意，恍惚之间，那地铁线路图幻形为一个变形的人，这个人重重束缚，四向伸展着的是他的手足，还是他的武器？很多线路末端都是勾曲着抓攫的姿态，则是要抓攫过去，还是未来？这个人正在艰难行走。

必须保证长安街上滔滔激流的畅行无阻。这是北京最富有象征意义的街道，而北京是这个民族、这个时代的政治及文化象征。车辆都禁止沿街停滞，一旦误行到这条街道上将只有一个选择——急速而过。从天安门东及天安门西两座地铁站升到天安门广场，见到辽阔的广场追随辽阔的天空，个人的雄心悄然如云如风，被稀释，被消散。而对面就是长安街的终点与高潮，这个国家的终点与高潮——天安门。天安门是这个新时代里寻求新生的民族所指定的背景。背景，同时也是强制性的视野控制，视野到此为止。

从天安门走向现今的故宫，经由午门进入，每次都感觉突兀，不像从神武门进入故宫那么自然。在界线分明的层层叠叠的城墙、宫墙、院墙上，是神武门、顺贞门、承光门引领来者，进入一个充满异世感的天地：御花园的精雕细琢，东西十二宫繁复的铺展，都能满足民间对皇家的期待。普通民众其实很乐意迷失在后宫。迷失是迷醉的近义词，后宫强烈的异世感是另一种生存的想象，充满了诱惑。

　　在这个世界里，路大多笔直狭窄，两岸是禁闭的高高院墙。
这里的路挑战了我们日常对路的理解，路不复连接起点与终点，
路的两旁不复是开放式的风景。皇宫后苑的路很难界定起点或
终点，每一条路只是某道硕大谜题中一个细小而关键的构成。
这里的路更像是分界线，将谜题分解为游离的碎片，而每一块
碎片又无可避免的富有天生的相关性，每一块碎片的周边曲曲
折折，却让人看到诱惑：只要找对了方向，碎片之间将能黏合、
重组，呈现全新的景观。方向的选择完全由门来掌控。"无穷
无尽的门——包括牌坊、门殿、大大小小的宫门——将长方形
的禁城分割成无数封闭空间，又将这些空间连入一个硕大的迷
宫。""穿过一重又一重门，他越来越深入地进入一个连续的
封闭系统。"每一个封闭系统都是一道谜语，共同组成那一道
无人能解答的硕大谜题。

　　虽然这个皇家早已失去前方的家门，天安门广场毕竟吸引
了更多的游客从前方直入故宫。大明门也罢，大清门也罢，中
华门也罢，都不复存在，天安门广场浩瀚如海，长安街宽如天河，
激流横渡，迎面是时代的终极背景天安门。那条曾经明确引领
来者的路线悄无踪迹。天安门后长长一路，充斥廉价的现代旅
游商业之藻荇，牵牵绊绊，最后在午门前盘旋回流，摩肩接踵
间来不及调整芜杂的心绪。于是那么的一跨步，就进了午门，
进了故宫——

　　总是措手不及地落入了一片古老而平静空间。这空间自成

封闭，却又独立自由，无论涌入多少游人，这片空间总是维持它肃杀的神气，看不到任何牵绊与束缚的痕迹，亦从不迷失。这是一片坚定的空间。穿越这片空间，渐渐地，你将意识到这个家曾经最凸显的特征——平铺直叙的风格，近乎固执的红黄主色调，严格几近僵化的对称，然而，来者从未感到单调或无聊。从未。宫城的设计者到主人都是勇敢的，坚持了属于他们的语言元素，从未曾疑惑，并将他们的勇气与坚持悄然之间熏染了你懦弱的灵魂。

你那被熏染的灵魂将会意识到家门的缺失，意识到这一份缺失事实没有影响到这个家坚固的灵魂。太和门广场上五座雪白的内金水桥，如天上落下的虹，如纯洁的冠冕，环在空旷尽头那座门前。门依然是当初的平静与威严，远远地对应着众生。

腐败正在细节处暗暗滋生。装修一新的太和门前新添了比例失调的半月服务台，高台后稀稀落落地散着修长的客服小姐。一切都是崭新的。崭新，如刀般快，几乎可以斩人之锐利的新。家的残破不在于正门或前道的缺失，恰在于这没心没肝似的焕然一新。被允许保留的只是空壳、形式，所有曾发生过的印迹都被消灭了——但并不成功。新与旧似乎是不可融合的对立面。新与旧的转换只有一个方向：新将成旧，就像生命只有一个方向，从生到死。历史于是永远无法被现在所降伏，而现在将最终成为历史。历史的生命与时间共存亡，拒绝任何人间的干预。

仔细打量层层的宫门。厚厚门板原本朱漆剥落，显露好几层红红白白的门衣，如干涸皲裂的皮肤。偌大故宫无数之宫门，大大小小，却只有一类门环铺首——龙头衔着上下两片翔龙飞舞的云层，相依相守，嵌在碗般粗壮的门钉之间。风雨淘汰了昔日的鎏金，门环现在幽幽的青铜绿、龙身上细致入微的鳞片似乎随着岁月流逝长入了龙的肌体，粒粒分明，又边际圆润——那种只有生命才会富有的圆润，轻轻呼吸着的圆润。激进的新时代无法接受这类历史触摸过的变形，鲜亮的朱漆金漆如厚而干燥的化妆粉，叠盖、掩饰、抹杀。但新漆只是一层强加的囚衣，漆下的历史依然参差起伏。龙不过一时沉睡在时代的金衣下，总有一天，风雨将再次会为它带来自由。因为人间万物都必须，别无选择地，跟历史妥协。时间战无不胜，胜负早已注定。

废墟就是这样胜利的。

这个历史悠久的文化里太早就酝酿了一份旧，这份旧如此久远、如此绵长，渐渐蜕留成文化精神的核心。最早最出名的当是黍离之哀，"彼黍离离，彼稷之苗。行迈靡靡，中心摇摇。"触动诗人的"并非是满地的禾黍，而是那从视野中消失了的周都"，歌咏的、流传的恰是那一份缺失，而缺失恰恰成就了对曾经拥有的觉悟与缅怀。

新时代最大的突破在于到底留下了这座城。历朝皇宫，仅此一家。即便一层一层的一座更完整更宏大的城萎落了，残存的宫城被挡在时代的天安门后，生命中轴线早被切断，故而渐如化石，或一枚褶皱深刻的核桃核，为现代旅游业反复把玩，活络其掌心经脉。这文化意义的残破恰是文化意义上最终极的废墟。必须残破朽蚀，才能成就曾经的拥有。"'理想'的废墟必须具有宏伟的外形以便显示昔日的辉煌，但同时也要经历足够的残损以表明辉煌已逝；既要有宏伟的外貌以显示征服之不易，也需要破败到让后人为昔日的征服者唏嘘感叹。"

　　紫禁城的政治意义早在光绪年间就已开始削弱。为了预备光绪亲政及大婚，同时也为慈禧太后选择归养之所，西苑进入了舞台中心。这游牧民族的后代们向来喜欢这片皇宫边的园林，至光绪亲政后，慈禧太后每年除在宁寿宫及颐和园各小住一段，基本在此新建的西苑仪鸾殿。皇帝天天至此请安，听从训政。因珍妃干政，太后于1896年在仪鸾殿下旨将珍瑾二妃降为贵人；百日维新期间，慈禧接密报后迅速返回的仪鸾殿，一举破了维新党的计划。有趣的是八国联军入京，联军统帅德国人瓦德西就将行军帐篷驻扎在仪鸾殿旁。宛若天命之象征，仪鸾殿失了火。战争结束，仪鸾殿重修，恰逢太后七十大寿，光绪及众大臣于此恭贺。1908年10月21日，光绪驾崩后，新的小皇帝溥仪被抱入仪鸾殿见了太后一面，第二天，太后即于仪鸾殿驾鹤西去。

　　后慈禧时代的政治重心亦都在西苑。宣统朝摄政王府选在西苑。民国后紫禁城前朝收归国有，西苑之中南海成为新政府主事处顺理成章——又有皇家的气派，又有新时代的印迹。北洋政府之袁世凯、黎元洪、曹锟的总统府皆在于此。袁世凯称帝时曾将中南海改称新华宫，军人习气，为出入方便拆了外墙，则宝月楼暴露于外，后由当时内务总理朱启钤（金字旁）主导改楼为门，将宝月楼改新华门，从此取代西苑门成为进入中南海的正门。

　　多少城门不保，却新添了这一座门。皇家远去，平民做主的中华民国直到中华人民共和国，都看重这一座门。北伐战争后曾一度辟为公园，但北洋政府总统及总理办公处所、张作霖之大元帅府都选择了新华门后。抗战结束后，国民政府军事委员会北平行营设在中南海，何应钦或李宗仁等于此"驻跸"。最后的华北剿匪总司令傅作义于此办公，并最终和平献城。又是一个新政权，进入这座门就是中国现今政权最高层所在地。

新华门同样面临繁华的长安街，却意外清静。每次经过新华门不过匆匆侧头一瞥，略有好奇，却更多快速离去的冲动，权力的 Aura（光环）、影壁及门前真枪实弹的守卫排斥平民百姓的偷窥。宝月楼改建工程古为今用，天衣无缝。二层明楼，长十丈宽两丈，上下各七间，琉璃瓦顶，而新华门二楼檐际高悬金红之国徽，门内影壁据说可以藏风聚水，题字为毛泽东手书"为人民服务"。如今紫禁城某些角落之影壁上还留有同样的手书——但规模更小。新华门外拆清真寺，隔街修花墙挡住满目疮痍之民居，再将端王府的石狮子移于门前，两旁八字影壁书有"伟大的中国共产党万岁""战无不胜的毛泽东思想万岁"之标语，兵气十足。无论政权如何异质，执政者对久远永恒的期许丝毫未变。凡人无法摆脱如此的期许。

新华门东向步行就是天安门，新政权下存留的唯一一座皇城城门。对面天安门广场上偶尔会有本地的老人放飞风筝，他身旁或许还有一张稚嫩的脸庞。在这饱浸政治含义的空间里，孩子的视线突破了水平之横向或纵向的拘泥，直线仰望比广场更为辽阔的天空。风筝越来越渺小，那是希望被放飞地越来越远，远方在高处，那里有孩子未来的全部意义。

章四

异数 | 长春门
　　　贞顺门
　　　西华门

在一座沉沦的城市里，每个人都凭借本能寻找未来的方向

珍妃年代的广州正在迅速没落。明清两代，广州曾长时间为中国唯一一扇实际对外开放的大门。这扇门虽是半开半闭的姿态，取景有限，但夷人们聚居在广州十三行街，以"朝贡方式"与中国交易数百年。在同样的数百年内，欧洲大陆已跳脱中世纪漫长的麻痹式束缚，从文艺复兴进入资本主义蓬勃发展期。同样的19世纪40年代，中国经历了第一次鸦片战争，欧洲诞生了《共产党宣言》，而新大陆的美国旧金山将接纳足够多的华人，由此建立唐人街。

不得不承认唐人街与十三行街的对比多少是有嘲讽意味的。在长达两百多年的时间里，从明朝崇祯始，中国就对前来贸易的洋人进行种种人身限制：只能居住在城外的"夷馆"，不得离开夷馆散游，不得在岸上过冬，不得携带妇女上岸，不准乘坐轿子出行，及至康乾盛世，甚至将严禁夷人学习中文。对于擅自学习中文，胆敢试图解释天朝"怀柔远人"之外交政策，并以中文书呈皇帝请愿书的英国人，皇帝如此愤怒，竟下令流放夷人，处死其中文教师，并审讯所有相关公行

商人。英国贸易，必须严格限制在广州一港，广州十三行街一处。

　　十三行街的开放是变态的。广州城基本就是封闭的，整个中国是封闭的，在那里，自上而下一套坚硬的系统将夷人们的平等商业交换指称为"朝贡"，并强令商谈使团要行三跪九叩之礼——大惑不解的夷人使团要求置换中国朝臣代表对夷人皇帝的叩拜时，遭到一口回绝。

　　夷人们的想法自始至终都很简单，套用流行的话语，就一个赤裸裸的"钱"字。似乎我们可以对此动机持有高贵的道德优越感。夷人与中国人不同，就算可以在故土好好生存，他们亦想着四处传教，并与传教紧密结合，在全球做生意挣钱，追求血淋淋的利益最大化。在上帝与枪炮的保佑下，他们所向披靡，只是他们没想到"中国既不需要进口，也不需要出口"，数千年来就"可以没有对外交往而安然独处"。中国太习惯被求索，向外输出丝绸茶叶以及文化典章，而由外输入的都是些点缀的可有可无的玩意。复杂机械装置的钟表反而会坏，而装有弹簧的马车不还是马车吗？火力强大的枪炮在天朝更是毫无用处，因为天朝本就无敌。

　　夷人们一时无法想到，中国要避免的恰恰就是利益最大化。康乾盛世再一次突破人口极限，为了给过剩的人口提供生存的门道，就必须坚定地维持落后的生产方式，拒绝所有的新兴事物，才能确保充足的就业机会，人尽其材，人有其田。就是这样的悖论，而这一悖论至今犹存。即便在政治与文化层面，也很难说大清皇帝的思维不可理喻。皇帝及臣民都坚信天朝地阜物丰，早已达到完美境界，与世无求，唯一要做的就是维持引导天朝抵此繁荣顶峰的文化与制度。就跟紫禁城规整到极致，竟成为僵化的模式一样，这个数千年来崇拜变易与革新的民族进入了衰老期，面对扩张性的利益如同面对梦魇，失去了行动力，更没有想象力。他们如同得了强迫症一样顽固追逐眼前利益，比如通过六千分之一的希望获得一官半职，任何创新举措最终都被帝国机器无情的消耗。

在走向圆满因而停滞了的康乾盛世里，所有在西方看来善意平等的要求"都以百余年法度为理由而遭到拒绝。被法典化了的东西不能有任何改变。被锁闭的东西不能去打开"。"尽管在许多民族的行为中可以发现变态的迹象，但没有哪个国家比满族统治的中国在这方面走得更远了。对于一个民族——一种文化，一种文明——来说，这种变态不仅表现为自视比他人优越，而且在生活中认为世上唯有他们才存在。我们可以形象地称之为集体孤独症。"

集体孤独症与长年的盲目闭关互为因果，如一对互扭着的情侣或情敌，一步步走向现实的深渊。整个世界早已与大清国广袤却又孤独的岛屿断裂，并越来越远。当某一天大清国忽然被迫敞开大门，它将发现四际为浩淼的冰水。马克思于1853年《中国革命和欧洲革命》里一针见血："与外界完全隔绝曾是保存旧中国的首要条件。而当这种隔绝状态在英国的努力之下被暴力所打破的时候，接踵而来的必然是解体的过程，正如小心保存在密闭棺木里的木乃伊一接触新鲜空气便必然解体一样。"

1840 年，广州这扇门被英国的枪炮打开。

从历史照片上看，海岸线上那条广州十三行街洁白而静谧，就像移植来某座理想的无风无浪的欧洲小镇。异族文化的沟通冲击原本最易催生新事物——这文化有史以来多少次借此再入盛世，而这一次却没有结果。一把火接着一把火，烫灼了十三行街那一方天空。先是 1822 年那场壮观的火火，四千万两白银化为乌有，"洋银熔入水沟，长至一二里"。虎门销烟，刺鼻的墨黑浓烟预示着悲剧的开始。林则徐就算认真考查过英人，竟还会列言"夷人除枪炮处，击刺步伐俱非所娴，而其腿足缠束紧密，屈伸皆所不便，若至岸上，更无能为"。而其他大臣的访查更是莫明其妙，所谓英地暗黑，不敢燃火，船行半月始见天日。或所谓英兵上身刃不能伤，但以长梃俯击其足，应手即倒。两次鸦片战争之后，原本局限于广州十三行的夷人们找到了对话的方式——战争。战争将越来越频繁。在家门口盘踞多年的夷人到底是异族。普通大清子民的生活日渐困顿，寻求出路，将愤怒投射到十三行街，一场"西关大火"从物质形式上宣告了十三行街的终结。

一扇中国与世界交通的大门事实早已失去了实质的意义。大门已被焚毁，门洞豁然，冲破大门的夷人们每次进出的冲撞，都继续扩大豁口。在广州的经营遭遇强烈抵抗，夷人们忘却过去一百多年只有广州到底提供了一席之地，他们沿着海岸线北上，坚定地逼近天子之乡。他们选中了上海，非但是中国海岸线的中点，又可顺着长江的天然缝隙，坚船利炮一往直前，将中国的心腹处横向撕裂。

历史回首，我们很难苛责当时的中国统治者无法尽早革新。还在19世纪初期，托马斯·杰斐逊——自由资本主义起源地美国之开国元首——就曾真心诚意地向往过中国："假如让我彻底实践我的理论，我希望各洲既不要商业也不要航海业，而是按照中国的方式处理与欧洲的关系。"而骄傲的中国人又如何快速反应呢？这国家体积重量都过寻常，重新的转向与启动所需积蓄的动能亦超平常。慢慢地，慢慢地，中国的面孔在变化。相对于五千年的文化历史，一两百年的质变何其迅速！这个古老的民族骨子里推崇革新，等待的不过是时机。

广州作为中国最先被腐蚀的根基，数百年来一直是帝制中国的阿基利斯之踵，也将行风气之先。广州的土壤很早就四分五裂，但那与鸦片战争中民族英雄林则徐交好的诗人道出了真谛，"落红不是无情物，化作春泥更护花"。十三行街带来的大量西方新奇物件很长时间内都是京城皇公贵族们喜爱的收藏，连慈禧太后年节收礼不过留存洋货。传教士们设立的中国最早的西医学校，成为中国老百姓最早接纳西方文化并依赖的场所。就是广州周边地区，最先有一批大清子民们因在故土无法生存，铤而走险，飘零过海——其中包括未来将直接结束大清朝政权的孙中山。

皇帝对不守祖制的子民曾不容情。当子民在外遭遇不公时，皇帝御批称放弃故土的子民都是刁民，死有余辜。但还是有越来越多的大清子民远渡重洋。而没有离去的则开始怀疑天命的正统。第一次鸦片战争刚刚结束，农家子洪秀全再度来到广州乡试，最终将再度落试。不同的是，这一次他得到了基督徒梁发路边派赠的《劝世良言》，于梦中受到天启而将发动革命。太平天国历时数十年，曾打下大清半壁江山。为了镇压"粤匪"，并非抵御外辱，大清朝终于重用汉人，主动交好夷人，待匪乱一平，已迈出的脚步再收不回来。

在这座沉沦的城市里，每个人都凭借本能寻找未来的方向。1886 年，已在海外学到基本知识、塑造了全新世界观的孙中山来到广州学医，日后将以广州为重要的革命基地。同一年，广州的西医学校开始兼收女生，而长叙家的满族少女姐妹将北上回京，并将参加传统的皇家选秀。再过几年，介于革命党与保守派之间的康有为将在广州设立"万木大讲堂"，广收激进学生，将为不久的戊戌政变准备生力军。一场虽未能改变中国命运的政治尝试，却给了众多原本脆弱的生命一次机会，突然间集体释放如炽光耀。

『皇』不过是形容词，而『家』才是本质的名词

珍妃入宫之前就算异数。她的父亲乃陕甘总督次子，官至户部右侍郎的长叙，而这位满洲贵族竟敢于光绪六年圣祖定天之日，国忌作乐，与山西藩司何葆亨结亲，自然遭到弹劾。想来与父亲被弹劾相关，至少时间排序上情理通畅，姐妹俩幼年移居广州，跟随任职广州大将军的伯父。广州在19世纪末是个极独特的所在，对清末政治、经济及文化发展都具有极深远的影响。姐妹俩在广州的教师又是性格激烈的文廷式，书生意气，拼将热血，我们无法判断老师对女学生的具体影响，但不受影响大约是不可能的。

少年珍妃从广州迁回而入了紫禁宫城。当时选妃的荷包落如姐妹俩手中，亦是峰回路转的形态。豆蔻华年的姐妹俩尚无能力计算这胜利背后的复杂推演或波澜壮阔，不过被命运的潮水猛烈冲打到黑礁石上，她们将立刻发现新领地坚硬而硌脚，首先需要努力站直。

她们自出生就等待这一刻，她们生命之使命，为一个马上民族的传宗接代。对这人数有限的尚武民族来说，传宗接代绝不等同

光绪帝最爱的珍妃

于汉人的习俗。于汉人则不过是一家一姓之绵延，又因了人口
过剩，三妻六妾，宗族绵延更可能成为纵欲的借口，而非动力。
于满人，既能于黑山白水间迅速崛起，并以最少之人口控制当
世最庞大、最繁复之文化及民族，传宗接代是整个种族生死存
亡及集体荣誉的大事。所有的旗人女子一出生就被灌输，她们
亦将有事业，其事业之最高峰无疑就是为皇上传宗接代。理想
之灌输几乎具备古希腊斯巴达人残忍的军事主义情调——姑娘
们从小就被合家合族尊称为"姑奶奶"。在礼义已不堪重负的

在慈禧身旁的瑾妃（珍妃的姐姐，右六）

社会里，在以跪拜表达情感的时代里，她们不能对任何人跪拜，包括父母双亲。一切都为等到命运云开雾散的一刻。每一个女孩——无论概率多少——都有可能成为嫔妃，甚至"母仪天下"的皇后，皇太后。

珍妃入宫的年岁是个特殊的年岁。十三岁，她不会像光绪那样完全被慈禧太后塑造并掌控，她已有了自己的心性与想法，但她亦注定在宫中继续她的成长与发育，并根据宫中的互动而慢慢改变自己——命运就这样被改变。相对于生长于京城的皇族隆裕，姐妹俩对宫廷生活都更陌生。她们要花更多的心思在皇宫后苑内寻找自己的坐标与路径，要在一座泯除生命力的舞台上绽放她们的青春及生命。姐妹俩之于后宫乃是一对利益的孪生子，至少最初如此。因其年轻，因其对皇家的相对无知，姐妹俩才能表现出相对的勇气，较多地以生命的本能与快感而行动，对宫中明的暗的门路都未曾过分用心。

有传珍妃初入宫中，活泼烂漫，恰是慈禧喜爱的类型。虽然早期屡屡态度随意，心直口快，但浩淼的后宫里完全容得下一两位逗人开心而实际羽翼未丰、嗷嗷待哺的年轻女子。韶华已逝，高居权位的慈禧喜欢对无关痛痒的年轻女子开恩。不开恩、不偏爱、不宽容，何足以昭显太后是宫中真正握有决定权的人？何况皇帝顽固地躲在阴暗处。皇帝对选美比赛里胜出的黑马们了无兴趣，继续清教徒般的生活，虽无法勤政，但可以继续勤学。他每遇到政治蛛网上的生物，总是遥远冷漠的神情。

后宫生活表面是平静无忧的。皇后隆裕的最重要任务就是带领女人们每天向太后请安，一如《红楼梦》里荣国府内众金钗以老太君膝前承欢为最重大的政治功德。余下的时间里，珍妃、瑾妃姐妹俩继续好学的习惯，从微薄的"薪资"或"零用钱"里取款延师。据说两人最喜绘画，亦于此成就最大。姐妹俩学了，并联手学以致用。她们聪明地选择了太后昔日的寝宫，奏请描绘时下流行小说《红楼梦》的主题壁画。

《红楼梦》本身是一部高度寓意性的小说。小说故意塑造了一个封闭的大家庭院，这直接匹配于皇家后宫。权力之描述以"老祖宗"为核心，环绕年轻美丽的女性，又直接匹配于"老佛爷"及后宫嫔妃。事实上也的确很难区分皇族与贵族，原本即互为因果。至于皇家，"皇"不过是形容词，而"家"才是本质的名词。在紫禁城这座大家宅的日记里，后人将看到后宫包括皇帝对柴米油盐之类民间类琐事的直接关切，更看到所谓等级尊卑在后宫最关键的区分点即在于柴米油盐之类民生物资的分配上。所谓"齐家"方能"治国平家下"，文化的逻辑基础在此，所以太后没有反对的意向。

　　光绪二十三年（1897），借长春宫全方位大修之机缘，借地安门外名为古彩堂的画师主笔，以西洋透视学之原理，成就了《红楼梦》壁画——姐妹俩于皇宫里一桩小小的后宫政绩工程。但姐妹俩没有想到，《红楼梦》虽然大热民间，毕竟曾是一部朝廷禁书。就因淫遭禁，表面才子佳人，长时期饱和的富贵繁华，但真正用意却是"为官的，家业凋零；富贵的，金银散尽。""好一似食尽鸟投林，落了片白茫茫大地真干净！"如今公论，《红楼梦》表现封建社会末期，一个贵族家庭无以抗拒的巨变。封建制度及封建阶级正加速走向灭亡，并无从改变这一历史趋势。许多少愿，传多少经，努多少力，最后机关算尽，反误了卿卿性命。青春年华，又急于讨好"老祖宗"的姐妹俩哪里想的了太多？

她疾走在皇宫后院的裂缝里

清朝文化一方面滞顿于小学之类实际意义有限却无穷无尽的考据考证，另一方面又催生了数千年文化丰碑之一《红楼梦》。在《红楼梦》里，贾宝玉梦游，起点是横建之石牌坊，上书"太虚幻境"，"转过"便是宫门——这个"转"字极为微妙。一般都是正式场合，主人或主人以上的等级代表，才从正门登堂入室。凡夫俗子偶尔梦游，自然得"转"过门来，迂回递进。何况梦境中的牌坊最初的深意更为了标识，而非通行。其余宫门匾额虽有故作新奇的"孽海情天"，但宫院分布完全中规中矩。宝玉随着仙姑"进入二层门内，至两边配殿，皆有匾额对联"。像极紫禁宫城所收藏的种种货物，幻境各司各立十数个大橱，"都用封条封着"，存储的皆是普天下女子的命运。必须等到"随了警幻来至后面"，宝玉才会发现别有洞天，"珠帘绣幕，画栋雕檐"，"仙花馥郁，异草芬芳"，各房内"瑶琴、宝鼎、古画、新诗，无所不有，更喜窗下亦有唾绒，奁间时渍粉污"。

皇家的紫禁城前朝后寝，前朝以太和殿为中心，是男性的，"无个性的、仪式性的和纪念碑式的，没有任何山水、植被景观来中和殿堂建筑的肃穆外观"；"后庭则是私密性的和错综复杂的，被奇花、异草、怪石所环绕"，建筑的细节装饰语言繁缛而华丽，却是变化的、流动的、阴性的。同样不偏不倚的南北东西，却是大大小小的宫院、戏院及花园。这一朝既催生了《红楼梦》，还如此厚爱，容许这离经叛道之书成为宫廷后院之宠爱；这一朝，亦注定会有一二举动，打破从明朝承继而来的严格对称的布局。

画了《红楼梦》壁画的长春宫就是这类突破的起点。正像贾宝玉、林黛玉那样，爱情往往是背叛的起点。抑或，爱情软化了坚硬的心灵。清朝爱新觉罗氏对紫禁宫城建筑富有创新的改建，始于长春宫——后宫一座最为饱富爱情的宫殿。

当初乾隆六下江南，阅尽天下美女，心中最神圣的一块由皇后富察氏牢牢占据。皇帝如此情深，以至不顾礼教，竟宠侍后族，而孝贤纯皇后崩于德州，"御祭文字哀婉沉滞，凡平日所御奁具、衣物，不令撤去，照常陈设"。人去屋空，但皇帝每次前往，一定得到深沉的宽慰，直至皇帝成了太上皇，终亦辞世，才准令重新安排长春宫。长春宫亦是慈禧心中的爱情宫殿。东西十二宫只有这里悬挂着咸丰的御笔墨迹，宫名匾额上"澄心正性"四个字，笔力遒劲。慈禧对象征意义的执着毋庸置疑。她能想出纸扎太和门以应光绪大婚奉迎路线，但同一个她，自先夫咸丰去世至死，无论如何衣装豪华，首饰万千，咸丰送的那对小宝珠耳环据说从未卸过。

如果说当初乾隆皇帝营造宁寿宫区，缩影前朝后寝的皇家风范，继续体会中轴线与皇权，这改建不过在强化先前的制度。

而长春宫的改建却意味深长。长春宫原本不过体制规范下的西六宫之一，并无特出之处。东西十二宫的"布局是明代根据礼制所定，为周礼宫阙制度中六宫六寝制度的完美的体现和发展。这种布局形式既规矩齐整，又严谨封闭"，是适合帝皇生活的理想布局。建筑最好一开始就达到至高高度，方可让后世无以复加——机心深重的权臣帮助皇帝寻找人间的极致。

咸丰皇帝于 1859 年下令打通长春、启祥两宫。流连圆明园的他似乎有意就在养心殿后仿制一片不同规范的谈情说爱之地。次年元旦，皇帝于改建后的长春宫赐饭惠亲王等亲王大臣。可惜就在当年八月，英法联军首次攻入北京，皇帝借口西巡，一任事务甩给亲王担当。多次谈判未果，误会重重，联军放火焚烧三园，大火三天不灭。咸丰很快驾崩，他留于长春宫的唯一手书匾额成为政治的权重，微妙的护佑，使得两宫太后慈安与慈禧以爱情的名义垂帘听政。两宫太后共住一宫长达十年，打下了这皇朝至终将由女性统治的基础。爱新觉罗氏的基业最终如传说预言的那样，由叶赫那拉氏的女人画上了句号。

按建筑学者的分析，长春宫的改建，使得"两个宫院纵向连通，出现了相联系的四进院的格局，这样就加强了建筑的外部空间的连续性，使此宫显然更为幽深、尊贵，既扩大了活动的场所，又增加了较为活泼的生活气息"。或许正因为此，清末还将继续以此改建工程为蓝本，对后宫继续改建。当慈禧住惯了长春宫要搬回最初的储秀宫时，朝廷自然依样将储秀宫与翊坤宫打通，而日后对钟粹宫的改建，照抄的游廊构思"使得原来较为平正呆板的建筑立面，出现于立体的、透视的、多层次的效果"。

改建后的长春宫拆去了原本的长春门。位于西二长街西侧，夹峙在南北之启祥及咸福两宫之间，早先的长春门据说曾是长春宫与外界勾连的唯一通道，开门见东西巷道，各通敷华与绥祉两门。拆除工程记录了长春门的体制，统一的琉璃花门，两边有看墙、掐墙及木影壁，但改建的关键更在于将启祥宫前殿改为长春宫宫门，而启祥后寝殿改建为穿堂殿，连接长春宫。撤月台，添踏跺，成为类似慈宁门的高大宫门，并在正南依高墙添琉璃影壁，制造甬路。据说大约在慈禧移居储秀宫后，则将此高大宫门改名为体元殿——这是对礼制的挑衅。打通长春、启祥两宫破坏了东西十二宫严格的对称，亦可以附会说从此破坏了后宫的风水，从而导致清末政治统治的转折。

光绪在体元殿进行后妃选秀时，长春宫已是一座没有门的后宫，成了一座异数的后宫。光绪最初对珍妃没有特别的感觉。想来她不过是位青涩的少女。珍妃只留下一两张相貌迥异的肖像照：那依然婴儿肥的面颊，规矩的正面姿态，如一位被告知要听话才有糖吃的孩子，却又令人惊讶的略带忧郁，或许无法理解强加于身的种种约束。值得注意的是眉宇，开放的、无可抑制的人性的光明与快乐，只要条件大致合格，她的神情可以随时光天霁日。这张面庞终于有一天清晰地映在皇帝眼里。皇帝的孤独压抑如千年的冰川，而她是阳光。或许很久之前，他就感到过一种别样的异样，但他早被教育得高度警觉，不能透露他的喜好，以被奸人寻机，他让那感觉转瞬即逝。喜好或爱永远都是我们最软弱的阵地，天子坠落在人间必须处处设防，尤其得设防自己最软弱的地方。那一刻，他意识到那异样的感觉恰是柔软的感觉，多么陌生而富有魅惑的感觉。他不想放松。但他还是放松了。他缴械了。

珍妃从严格意义而言生于光绪，亦成于光绪。她在宫中完成了向女人的蜕变，并按皇帝的心思，又永远保留了一丝小姑娘的情意。年轻皇帝从来都被太后、师长甚至周遭阴郁的太监训导，但珍妃清亮亮地站在他面前，按他的意思进，按他的意思退，按他的意思读几本书，按他的意思女扮男装——她是唯一全心全意地，以他的规则为自己的规则的人。

他与她在禁城里很快成为一对一拍即合的任性孩子。她会甩脸子给要通报红包的太监，直接闯入太后寝宫告状；而他想出让她女扮男装，从此绕过清宫种种繁文缛节。就算皇帝的女人按家法不得在皇帝的龙床上过夜，两人照例双宿双飞，其飞扬跋扈何曾略加顾忌他人的感受？一个得意于富有创意的命令，得意于命令得到漂亮的执行——珍妃在爱情的滋润下无疑越来越漂亮可爱。而另一个得意于万千宠爱只在一身，恨不得长袍马褂马蹄袖，紧袜深筒靴，时刻准备着"合法地"与恋人厮守。

一身男装的她又蒙召宠，快步如飞，如一支犀利的箭头一住直前，华丽的皇宫后院不过一匹华丽的湖丝，无声地，恍若自动，划开——连这被撕裂的过程亦是温柔的。她疾走在皇宫后院的裂缝里。两岸的院墙在她身后聚合，又在她面前敞开。院墙笔直地切出了瓦蓝的天际线，极偶然的，这寂静的宫城里会飘过一阵辽远而忧伤的鸽哨。这声音是她所不熟悉的。在干旱的北方，声音都干枯了，沧桑而辽远。她熟悉的是南国充沛的雨水与阳光，那里生物恣意妄为，那些不知节制充分伸展的叶片掩不住嘈杂的虫鸣。任何有土壤的地方，哪怕是砖缝，就算是野草，一应触目皆是蓬勃生气。爱情是她的雨水与阳光，以南国的量，倾盆大雨式，浇湿了她的全身。她与雨水比着速度，奔向她的爱人。

审视紫禁城就必然审视清史。然而，又是清朝故事吗？ 20 世纪末 21 世纪初的前后二十年里，中国亿万文化消费者消费了太多的清朝故事。当我们疲倦之际，我们究竟了解多少清朝故事？那些我们自以为了解的究竟是清朝故事还是本朝演义？所谓的引经据典，经或典又有多少的真实？历史是一片泥沼。"历史"这个词充满了魅惑，尤其在中国。"史"者，记事。不云记言，以记事包之。所谓"史"，从又持中，中，正也。但偏颇的凡人如何持中而正？所谓春秋笔法，但每个人不都在命运与现实前盲人摸象吗？

无论多么努力，我们看到的真相一片混沌。我们试图复活的历史人物好比蜡像，似乎要开口说话，举手投足，但在一束坚挺的光源下，他们以无法更改的表情，僵化在特选的姿势上。可以说，他们永远踮着脚站在生死的边缘，混淆着现实与历史的分界。每一尊蜡像前都有一段骨瘦如柴的简介，在不复存在的年代里，如此姓名、如此相貌、如此服饰做了如此数项事务。蜡像的生命复活在观者假想的那一瞬。观者按着蜡像微弱的手势与表情，灌输自己的血脉与情感，将僵硬的躯体与曾经的事件联系起来。每一位观者都复制出一段命运。屈指可数的几个罗列在简介里的最关键的节点死死卡住了历史人物的命运，但观者的想象除了于那几个节点上汇聚外，却是散发的无数条路径，以各种不同的方式抵达苦楚的结局——肉身的消亡。

我们沉迷于推测与假想。历史是一口尘封的戏箱，一次又一次，我们粗暴自负打开戏箱，将历史人物的玩偶捡拾出来，以略加不同的演义再重复一次注定的结局。我们沉迷过去的故事——比如珍妃的故事，只为争取多了解一种生存的可能性，虚拟的体验。在人生的不归路上，我们试图复数式的生命体验与理解。溃败的过程，数朝数代的前行者早已走过，所以，这条路是轮回的。轮回的体悟减少了我们的脚步里的畏惧与迷茫，使得剩下的旅程如同归程。

我们审视历史中的一小片玉屑——珍妃。我们有理由想象，珍妃是最早一批将照相机带入禁城的人。广州长大的姐妹俩喜爱一项新事物乃是情理之中。据说珍妃在宫城拍过很多照片，却全都消逝。所留下的一张二张，就连数十年后的历史研究院都难分真假。当权力制高点决定消磨一个生命、一段记忆、一群证据时，可以做到如此彻底。据说连珍妃自己家里亦积极主动配合，该消灭的消灭。那个自称他他拉氏后人的作者分不清珍、瑾二妃同父异母的旧时代关键之信息，叙述了他他拉氏家族发现珍妃受宠后举家额庆，珍妃去世后则销毁一切记忆。事实的混沌催生了叙述的魅力。珍妃故事的魅力恰在于其多样性，如万花筒里变幻的复杂图案，看多了，我们未必头晕目眩，反而能精准定位那些最基本的色彩与形状，正是这些无可再分解的元素构成了所有的变化，拼装出不同的版本。版本与版本的罅隙里恰是我们的灵魂，我们的灵魂如磁场，萃取吸引了特定的关键词及基本色，从而凝结出故事的晶体存在。

珍妃与慈禧太后的蜜月期随着珍妃干政风云戛然而止。慈禧太后嗜权如命，或许正因如此，除了指定了血亲接续皇位出任皇后外，她基本能控制本家的政治扩张。正因如此，竟也成了一种洁身自好。所谓标准永远是相对的。绝对的标准在上天的手里。

无人追究珍妃私卖官职的动机。在至今依然贿赂成风的文化里，一位年轻漂亮的宠妃因为减薪而找点"补贴"自然成为了道德的盲点。而宫中的用度确乎是皇家气派的，一碗面片汤需要黄金千两，一根门枢报价五千两白银，就算采办民间皮箱，六两银子的货价直线涨到六十两，而不服气的军机大臣就算有心节省用度，半个月限期竟未能买到一只皮箱。似乎都是被逼的。这机制已成卡夫卡笔下的绞刑机，机密完美，却又顺理成章出了差错——恐怖的不可被纠正的差错。所谓完美的机器错亦有道，既有道又如何纠正呢？机器的设计者终在纠结中被葬送，而嗜血后的机器更加高昂，继续存在，继续运行。

史载晚清两大贿官丑闻——一个是鲁伯阳进四万金，原本名不见经传，即放肥缺兼要害的上海道；另一个则是木厂当差的文盲玉铭差点放任四川盐法道。所谓错亦有道，则错中就错，取之亦需有道。据说都是珍妃写张字条，而皇帝要么给大臣递纸条，要么当众打开纸条核对一下。而珍妃又何必记录自己私贩官职的收入？太后一搜就赃物确凿。

也或许，光绪、珍妃这对恋人运气不佳，或如某些人所想象，政治弱者总是被牺牲。太后或其他更老练、更强势的未必不推荐的文盲或者更糟糕、更骇人听闻的人选，不过我们无从知晓。甚至，我们是知道的。李鸿章的女婿张佩纶承包甲午战争中的炮弹，炮弹里全是黄砂。李鸿章双手赞同挪用军款为太后万寿建一座石舫。诸如此类，难道就光明正大？还真用得上李、张那夸张喜炫耀贵族血脉的后代最出名的那句神来之语：一袭华丽的袍，上面爬满了虱子。续貂之笔是：有的虱子被抓住了，挤出了血；有的虱子吸足了血，跳到另一袭华丽的袍上。或许正因为此，当太后查出她竟然鬻官获利，褫衣拷打，珍妃口齿伶俐，当众反驳："祖宗家法亦自有坏之在先者，妾何敢尔？此太后主教也。"那一次"褫衣廷仗"的惨烈程度，史笔唯一的记录是皇后隆裕当场晕倒。

私贩官职成了干政的证据，而干政成了辅政可能性的证据，尤其当其对立面是权力的强势一方，而珍妃又颇可能推荐了维新的文廷式呢。这一次，我们找不到确凿的证据，证明文廷式被皇帝提拔是珍妃背后的努力，但完全没有关系亦是不可能的。可以这么说，珍妃一生中重要的两个男人：一个是光绪，成就她的爱情；一个是文廷式，成就了她的历史功业。文廷式与珍妃的历史关系自是微妙的，很大程度上互为因果。如果没有珍妃，又还有多少人能记住1890年初为进士的文廷式呢？客观而论，珍妃在文廷式的作用或许被放大了，但年轻皇帝想提拔可以信任的人，培育帝党，谁是可以信任的人呢？珍妃的堂兄志锐，志锐的好友，及珍妃广州的私塾教师文廷式。要知道康有为真正得到光绪接见问政，那是周转多月之后的事，皇帝才下了决心。

虽然 1894 年因鲁伯阳贿官案，光绪奉慈禧令将珍妃姐妹降为贵人，"以示薄惩"，之后珍妃一度被幽闭于西二长街百子门内，但第二年即归原位，重又成为宠妃。这一年是关键的一年。甲午战争惨败，其中有多少与以李鸿章为首的洋务派官员贪污腐败有关暂且不论，李鸿章等貌似不在乎清皇家的尊严，随便就签了《马关条约》。要振作，还要靠自己。总不能做亡国之君，担千古的罪名。

1898 年，距离光绪大婚倏忽十年。成家立业，是该结果的时候了。同一年，距离康有为第一次上书已是十年。康有为锲而不舍地连续上书，直到 1898 年出现转机。他总结以往上书往往无法上达天听的原因，转而曲线救国，争取官僚中的同情者，并于这一年年初得到了皇帝代表的接见，并立即将谈话内容总结为第六次上书。第二天他随即第七次上书，递交总理衙门——《为译纂＜俄彼得大帝变政记＞成收，可考由弱致强之故，呈请代奏折》。虽被拖延，两次上书都在春天的阳光里被送到了皇帝的手中。

皇帝已过而立之年，珍妃入宫马上十年。一个可以效仿彼得大帝，一个可以效仿叶卡特捷娜皇后，一对爱情的男女突破重重艰难而成就一国之重兴。曾经是有希望的。珍妃就算对政治无多兴趣，因了爱人站在那薄弱的希望的边缘，她的衣裙也被沾湿了。

6 月 1 日，皇帝御驾亲临天安门颁发诏书。此后至 9 月 21

庆寿堂一角

日的一百零三天中，光绪帝"政厉雷霆"，"令如流水"，共颁发维新谕旨二十多道，其中包括废除深入中国文化基因内的八股科举，而是改设西式学堂，包括弘扬京师大学堂；经济上亦是向西看齐，一方面正式将皇家公司化，所谓编制国家预算，公布岁出岁入，另一方面顺着洋务运动的成就，倡办各种实业，并将设国家性银行、矿务铁路总局、农工商总局；军事上削减旗人军营，附带地准许满人自谋生计等。其余如奖励新著作、新发明；设立译局，编译书籍；准许自由开设报馆、学会；广开言路，所有臣民都可上书言事，等等。

珍妃的死有很多版本，就连向来惜墨如金的官方版本亦有出入。先是1901年以"贞烈殉节"入了正史，然而1908年皇上、太后同日驾崩，又从慷慨投井自杀改为"被崔玉桂投入井中溺死"。当事人保持了缄默，后人的补叙往往互相矛盾，野史中的珍妃或一改受宠时之得意忘形，临死前痛哭跪行以求生；或者，她既敢顶撞太后，当然越在高潮越是慷慨激昂，痛指这江山政权属于皇帝，皇帝不能走，而她也不走；再或者，她还是遵从了封建家法，最后一刻顺从地跪在地上，听取最后的判决——婆媳言语不对，媳妇脱口而出那不如死了。故事至此枝节繁生。究竟是婆婆命令成全媳妇，还是婆婆未待唇舌反击，媳妇竟自行起身投井？一路枝节至此，再次出现分岔——究竟是太监崔玉桂紧跟而上，还是跟上后又被媳妇斥责而去，还是接了婆婆的命令却又未得及时出手？若果婆婆最后一刻下令崔玉桂制止媳妇投井的姿态，究竟是因为一份亲情，还是因为一份权威？即便是媳妇的死，也必须是婆婆的决定与行动。这个媳妇竟以为她可以主导自己的命运。这个家是个皇权的家，虽是婆媳，到底婆婆的意旨是绝对式的。从不低头的婆婆别无选择。

各种版本的参差，就像阳光变幻下，那些斑斑驳驳、深深浅浅的阴影，匝地环绕着同一株枝繁叶茂的树。阴影总是第二极的真相，是由真实被投射到表面的衍生存在。如果看不清真相，只需了解结局。结局是确定的：珍妃死在贞顺门内那口井里。

贞顺门是一座随墙小门，并不起眼，却很特殊。城墙内另有层层宫墙院墙各自分隔各自相对封闭的空间，与北长街平行，居中那条笼贯封锁了建福宫、重华宫、御花园、北五所之长墙，不过开得一座顺贞门，但相隔一条东筒子街，同样平行的宁寿宫区后墙上，独享一座小小的贞顺门。贞顺、顺贞，容易令人混淆的呼应是刻意的。要知道在紫禁城内，门是一种特权。因为有了门就有了出入的自由，而出入的自由不能轻易发放。每一座门都特别分派兵侍把守，每一座门出入的等级亦严格规定。

宁寿宫区宫垣南北一百二十七丈，东西三十六丈，因了乾隆确定以此为太上皇之居所，宫殿规制悉仿正宫正殿。从皇权门至皇极殿以至后之宁寿宫特设甬路，为禁城内廷外东路之小中轴线。因此特添建锡庆门、敛禧门及皇极门，三门在宁寿宫区至南，合峙九龙壁。皇极门内亦是重门，还要经过宁寿门，方才进入"前朝"：皇极殿、宁寿宫。而宁寿宫更仿坤宁宫制，西为猪肉祭神处，东为东暖阁。进入"后寝"，首先添建养性门、保泰门，养性门之养性殿制如养心殿。养性门之西衍祺门内俱为同时添建，于嘉庆及光绪年间重修。宁寿宫区后宫之乾隆花园里，逶迤而北有轩有堂有楼有阁，至此符望阁，阁西为玉粹轩，阁西北为竹香馆，阁后为倦勤斋，而斋北偏东为贞顺门。如果说养性殿后之乐寿堂、颐和轩、景祺阁严格维持了中轴线，对应乾隆花园之东路为阅是楼、畅音阁等怡情养性处所，则贞顺门的设置颇为蹊跷。它并非在景祺阁后，而是小中轴线发生了极细微的偏移——难道就像民间所附会的，北京西北城墙为了好运必须些微偏斜？人间是不得完满的。皇帝或太上皇都得时刻警惕。

成千上万的游客每天自九龙壁始，穿越这片浓缩的皇权宫寝。进入紫禁城后还要再付门票，才能进入这片特别观光区，所以要看得仔细，值回额外的收费。景祺阁后的小天井并不大。紫禁城除了前朝天安门、午门及太和殿前三大广场外，空间大多被高墙巷道区隔得零零碎碎，深迥有之，辽阔却无——又怎能与前朝争锋？天井一般是小的，而井口一般也是小的。眼前的珍妃井小如江南后花园里的一只鼓石凳，太过素朴地缩在角落里。井口贯穿一条不成比例的粗壮铁杠。

珍妃井是紫禁城内最受欢迎景点之一。所谓卖爵干政，或者政治斗争，到最后都被一笔勾销。人们愿意流传的只是一则便于流传的故事：早逝的青春，无果的爱情。每个人都热爱不完美的结局，以此忍受这疮痍满目的人生。多少游人在井前思量，如此狭小简朴之井口如何容下一具青春风华的肉体？但又确凿容下过一具青春风华的肉体。闪烁其词的历史唯此一点从未动摇过。是谁说了谎？还是自己知道的总是不够多不够正确？——要容下七尺之躯从来无须多大的空间，我们总把自己想象得太过重要，并把别人的肉体潜意识里比照着自己的肉体。

历史无法重演。亦无人为一介普通平民游客重新演示。据说珍妃少女时拈诗半句"月影井中圆"，清新可嘉，竟一语成谶。轻轻抬脚，若不经意，跨越了贞顺门的门槛。槛外左眺，数步之外就是恢宏的北长街。这条长街无论游人多么熙攘，竟总有些寥落的气息，正适合长吁一口气，轻呼："啊，出来了。"

越耻辱就越需要繁华

热闹的体面

溃败始自一座座的城门失守。有了日本甲午战争胜利的对照,八国联军争先以腐朽的清王朝为靶子,演示各国之军威。据说各国军队为争头功,纷纷提前行动。1900年8月14日凌晨战斗开始,不到中午,数千美军就由东便门攻破外城。英军于中午才抵达广渠门,两小时左右由此突入。广渠门被破无疑饱富象征意义。1629年清皇太极进攻北京,袁崇焕精兵九千星夜驰援,于此门挡住了敌人。

近九米高的外城被破,近十八米的内城并未能维持很久。是日当晚,俄军破东直门,日军破朝阳门。至15日清晨,八国联军已获得正阳门,在城墙上架炮轰击皇城。曾经是世界武力最强大的皇朝一败到底。同样是与异族的较量,还是主场作战,但风水已经改变。八国联军以临时聚合的一万多兵力迅速攻占了十万多守军,数十万拳民的北京,这种溃败的纪录竟连明朝都比不得了。

后世捕风捉影的传闻里,溃败更加不堪。在分崩离析的一刻,二级的当事者每人惊鸿一瞥,津津有味加以转述。据接待过落魄太后的怀来地方官吴渔川于《庚子西狩丛谈》

八国联军侵入紫禁城

之转述，西太后曾经自述，城破之日，宫内尚不知晓，太后正
自梳妆，听得枪弹飞行，一弹竟由窗格子里射入。才要查问，
则载澜跪在帘外颤声奏："洋兵已进城，老佛爷还不快走。"
老佛爷遂同皇帝改装出走。——究竟是太后信口开河，还是小
官笔下生花，一时难分难解。稍加分析，天安门正自顽强抵抗，
太后蛰居后苑，一粒孤单的子弹，以当年之科技，绝对未至于
能够射越重重前朝广场，钻入太后正待梳妆的窗格子里，由此
逼走了主人。但另据大臣家书，则大清朝统治者提前就定下了
西狩的方案，前日接连五次宣见大臣于内廷，并如城破前的明
崇祯帝一样，悲哀地发现陛下不过寥寥数人。——也不知这是

众臣的背叛，还是太后刻意要隐秘。总之相约西狩不急，将带上最忠心的那几位官员。忠心的官员翌日上朝，才知甫及天明，两宫已等不及随从，便衣出宫。

有演义设计了皇帝的抵抗。说太后之将奔也，皇帝求之，"臣请自住东交民巷向各国使臣面谈，可无事矣"。"太后不许，上还宫着朝服，欲自赴使馆。小阉奔告太后，太后自来，命褫去朝服，仅留一洋布衫，严禁出户，旋即牵连出狩矣。""旋即"是个微妙的词，看不出皇帝的抵抗是 14 日抑或 15 日。情绪颇有郁躁两极分化倾向的皇帝在那一刻究竟选择沉默还是抵抗，想象的钟摆迄今继续摇摆着。事实是皇帝从未拥有过选择的权力。他唯一一次抗命相争，百日维新已惨败数年。既太后已警惕于皇帝与各国之密切联系，怎会白白放走掌心中的囚徒，潜在的政治敌人？他曾想杀她。她还是留了他一条性命。但他的爱妃就没有这么幸运了。他或者眼睁睁看着爱妃丧生。当时他究竟是跪求放生，还是双腿颤惕以至失语，似乎都有可能。他也可能不过在狼狈西巡路上得知了爱妃之死，从此益发行尸走肉——让他坐他就从，让他走他就走。日后爱新觉罗家族还将造就另一位类似的行尸走肉。那，将是最后一位了。

出宫的形状有说是严密安排好的，青油小车等在庭院里；又有说，15 日天尚未明，太后青衣徒步，而傀儡皇帝、皇后皆夏日单袷，出至西华门外才敢乘坐骡车。有说内宫随行人员井然有序地跟着，也有说即如瑾妃，闻警已迟，"徒步出宫门，遇刚毅为赁一车，送之庄王府，王遣车送之，追及两宫于颐和园。两宫于园内少坐片刻，即启銮。随扈不过二十上下。"皇帝当天"身穿半旧元色细行湖绉棉袍，宽襟大袖，上无外褂，腰无束带"，倒颇像当初披发散襟自绝煤山的明崇祯帝的样子。而一向最好打扮的太后据说直至怀来县衙，才得以安心梳洗，还借了小县官亡妻数套衣装。

真正的当事人都保持了沉默。在这个国家，当权者拥有发言权，并没有记录权，而被记录的随时可以被当权者阉割、篡改、销毁。每一任的当权者都会强迫记录者按自己的意愿重新诠述历史。千年的传统，这个文化里的每一位草民都学会了积极主动地配合，揣摩着当权者的心意，该沉默的时候沉默，该百花齐放的时候百花齐放，所谓顺时者也。这个文化的历史受到光源的强烈影响，你觑紧双眼地观望，但光源完全改变了视觉之效果。如同陷身于一片汪洋，勇敢的人借着想象的力量，以各自的泳姿前进。臂膊划破了水面，但水面迅即复合。站在岸上的人看到那游去的人渐渐为远方吞没，水面照例无边无际的闪烁粼光，真相隐匿其间，永不可被打捞上岸。

也或者，久被欺骗的我们矫枉过正，太过执着，以至被所谓真相诱惑，反而不得其真。事实是太后及皇帝在珍妃死于井中后离开了紫禁城，这是历史的走向，how and why 都是形容词，随时可以被删除，被篡改。无论当权者或记录者自以为多么机巧，那些本质的名词及关键的动词，从来无法被改变。在珍妃的结局里，一时都在寻找这一死亡案件的主动者——这样才能居高临下地评判。都忘了慈禧作为最有权威的人在最关键的时刻成了最被动的人——她只需沉默。这位太后曾可下令一个月间重现一座太和门，但她没有下令众人尽力抢救珍妃。她甚至没有下令众人打捞珍妃。无论珍妃是以什么情状落入井中的，尸首未至于等到两宫回銮后打捞。

太后是个聪明的人。她懂得名词的力量。就算穿着蓝布小褂，她给出的定义乃是无法被篡改的"圣驾西巡"。她就像珍妃深受了光绪之影响，被咸丰深深地烙了印。一模一样，她喜欢繁华热闹；最终一模一样，敌寇在门，她选择了同样西巡。她也一样随着岁月流逝而被改变。她曾经义正词严，力劝咸丰皇帝留京，否则"辱莫甚焉"，但这一次，她拒绝了来自珍妃或是光绪的反对意见，再仓皇亦要西巡。

西巡之门向来是西华门。这与东华门体制相同的门是众宫门里最快乐、最随性的门。历朝皇帝所修行宫一般都在西郊，就近的西苑亦由此出入。再没有以此为游园庆典之场所更适宜的地方。想当初乾隆帝为庆祝母后六十大寿举办皇家之嘉年华，从西华门至西直门外之高粱桥十余里张灯结彩，每数十步就一亭或一台，百戏纷陈。那是中国特色的"博览会"，各地政府把握良机取宠帝后。据称广东之翡翠亭高三丈，广二丈，全部屋瓦竟皆孔雀翎尾，如此一亭则万千青绿翠眼；湖北之黄鹤楼移植武昌原物，规模略小，然重檐三层，墙壁皆用玻璃，在日光照耀下辉煌夺目；浙江镜湖亭，以两丈直径之大圆镜嵌于藻井，四旁辅以数万小圆镜，满壁如万千银鳞，人入亭中，一身而化百千万亿身，真兮幻兮？

自乾隆十六年（1751）至庚子国难将近一百五十年，一个民族由最骄傲沦为最耻辱。这座由伟岸高墙层层防护的城一旦城门一一被撬，竟全无还击之力。龙驾西巡，一任烧杀抢劫。这一次不是因为沟通的误会在郊外放火烧一座皇帝的花园，最后要挟一千六百万两白银的规模了——如果按光绪节俭的大婚耗银五百五十万两，一千六百万两白银不过就是皇帝办两三场盛会的价钱。

这一次，联军首先宣布自16日始公开抢劫三日。一封战火家中说："火光冲天者三日夜，地安门桥以南烧尽，西四至西单烧尽，朝阳门楼、前门楼均烧化为乌有。"刚烈的阿鲁特氏皇后之家亦遭劫难，女性被拘押到天坛为数十人轮奸，归来后全家自尽。皇后父亲崇绮服毒自杀。从太后寝宫内的珍宝到各衙署的存银，寺庙与平民，就连太和殿前"福海"上的镀金亦未放过，尽行被刺刀刮尽，至今刮痕斑斑。鼓楼之更鼓亦被刺破鼓面。除了尊严与生命外，其损失按德国陆军元帅瓦德西所报，"其详数将永远不能查出"。

京城两次被辱，上次伤了筋骨，这次伤了魂魄。异族将士驻扎在昔日皇家献俘之门前。皇上的宝座也可由一俄国小兵坐着留影纪念。入侵者无须翻译或向导，凭直觉即能把握住皇家的主动脉——中轴线。八国联军在烧杀抢劫之余，特别预留时间，列队碾过从大清门、午门、太和门直至神武门的中轴线。这是皇帝的专用线，要践踏的就是这条最高象征意义的线。至于战后 4.5 亿两白银赔款，那是中国国民 4.5 亿人，一人一两的羞辱，没有一个人可以逃脱这份耻辱。

太后及皇帝、皇后在 4.5 亿两白银的条约后重回京城。他们坐着西式的蒸汽火车抵达正阳门前，从这里再次踏上重又属于他们的御道。臣子们紧急清理御道，并在被战火摧毁的正阳门城台上彩扎出一座比例失调的单薄的纸质城楼。什么样的太后什么样的臣子，这比起李中臣挪用军款为太后兴建颐和园石舫，似乎节制许多。体面到底是重要的。体面如同盔甲，厚重、僵硬而安全。热闹与排场是皇家的体面，皇家的义务。如果皇家不热闹不排场不体面，那就是国家之不热闹不排场不体面。越耻辱就越需要繁华热闹的体面。当一个国家已毫无尊严可言，剩下的就只是体面了。体面，体与面，外表。这是这政权魂魄散去后唯一的拥有了。逻辑滴水不漏。

章五

出宫

顺贞门
神武门
端 门

自有一种命运将无限循环，
一时间谁也看不到终点

她们依然源源不断地入宫。定期的选宫女选秀女很少因战火而中断。每三年一次的皇宫选秀，每日两旗，又以满蒙汉三分，提前一天排车，每辆车都竖着双灯，标识分明，昼夜兼程，"贯鱼衔尾而进"，要保证在天光未露之前就毕恭毕敬、诚惶诚恐地守在皇宫之外。映衬着浓烈夜色与高大城墙，车门开了，神武城门开了，这些尚未成熟，甚至谈不上豆蔻怀春的懵懂少女们，胸襟上别挂着标签，过早地将参加她们的"科举考试"。

她们顺从地等候在顺贞门外。顺贞门是宫城中轴线上倒数第二座门，因中轴线的光荣，门扇上统一纵横各九颗鎏金门钉。顺贞门曾是最初的坤宁门，以低八度的音高呼应着乾清门。少了气派的八字琉璃影壁，少了丹陛，三间尺幅，却也是一座精致的琉璃门，在那隔住御花园风光的宫墙上开辟出来，统一的赭红杏黄配湖绿。门内并非直接进入御花园，而是还有周折，琉璃顶矮墙围着，由南之承光门，东之延和门，西之集福门，汪出了一小座袖珍院落。任何来人在此还将进行一层过滤，才能进入御花园。选秀很多次都在御花园进行，或者符合将女子与花相关联想的潜意识吧。通常五六个秀女站成一排，看中了就留下女子的名牌，叫做留牌子。这牌子就是一张进入皇宫的门票。

我们可以找到很多与真正的科举考试相对应的制度。一年一度的宫女选拔由内务府操办，大致可当做童试。凡选中者，入宫还有遴选，试以绣锦、执帚等一切技艺，还有仪行考察，不合者再被送出宫外。优胜者则教以宫廷规程，每日一小时写字读书。一年之后授以六法，出色者将服侍后妃起居，次为尚衣尚饰。此相当于乡试中举。如此入宫之宫女只算服务人员，只要不出差错，一般到了二十五岁都能功成身退。日后出宫便是闲谈片语，到底是见过人间最高之世面。宫女可升为女官，也就是服务人员中的领班，或被天子临幸，那就成了天子的人，变了性质，这一生便不得再离开紫禁宫城。"紫禁"二字，非但禁着外人轻易出入，亦禁着宫城里面的地位高高低低的主人，包括天子本身。被皇上看中的或许开始另一种职业生涯——主人的职业生涯，从答应到常在，从常在到贵人，再至于嫔妃贵妃、皇贵妃、皇后、太后。宫城内主人的职业生涯相当于直接进京的会试及殿试。这两项考试由更高级别的户部乃至皇上太后直接主考。优胜者赐予皇室王公或宗室之家——相当会试胜出之贡士；或是成为后妃的候选——名列三甲。那最优胜者，皇后，与男性科举考试中诞生的状元一样，将获得最大的恩赐，成为天下皇帝及太后之外可以通过大清门正门的人。

顺贞门外的停滞是有意无意的精心安排。从某种意义上说，顺贞门如同旧时建筑中的所谓影壁，正式走入皇宫后门，迎接来者的还是一道屏障。必须重重的屏障，并且特别让来者体会这重重屏障。遥想大唐盛世最后的光荣岁月里，可以为妃子一笑，一骑红尘，山顶千门次第开，这才是皇家风范。顺贞门隔着宽可跑马的北横街与神武门正对，陷落在顺贞门外等候如同陷落在这威武宫城的又一段刻意的盲肠里。她们唯有盲目地等待，届时被盲目地选择，命运从此无可更改。等久了，会有人嘤嘤啜泣。人生最恐怖莫过于无奈的等待，仿佛命运的刀剑悬在头顶只是不落，仿佛那粒冲你飞来的子弹永远抵达不了你的面前，你无从判断子弹的轨道是否将与你相交，而你又没有躲出子弹射击范围的能力。

在清末通过现代报纸《国风报》传播的野史掌故里，自有一条选秀中民女抗上的故事。正是咸丰初年南京失守之时，皇上据说每每"辛劳"到日昃时分——即前天太阳偏西之际，下午两三点钟。选秀照常进行，天甫微露曙光，民女们就已在坤宁门外候驾既久，又疲又饥又渴，最后相向而泣。管理者警告圣驾将至，再哭将施鞭笞，有一伶牙俐齿者愤然反驳："本来一入宫禁，从此与亲人永隔，若死不远。死既不怕，又怕你的鞭子？"既出自热情的梁启超所主持的《国风报》，这女子当然不会于此戛然而止，果真洋洋洒洒敷衍开去："南京已陷，天下失半，不求迎战，还要强取民女。就算哪天蒙了龙幸，也怕是寇贼在门之时。死既不怕，又怕你的鞭子？"这桀骜不驯自然引发一群人蜂拥而上，又绑又堵，但故事出现了转折。圣驾出现了。女子依旧抗争，拥有生杀权力的皇帝欣然而喜："此真奇女子也。"当场下令松绑，引入后宫直接朝见皇后，适逢某高官丧偶寻配，便指女为婚。高官夫人都有相应之封号。女子就这样从一个旧制度的抗争者被塑造成了旧制度的成功典范。

她们依然源源不断地入宫。岂止是她们，他们亦仍源源不断地趋近宫城，带着他们在地方已经婚配的妻妾。1898年，曾国藩入室弟子吴汝纶之女吴芝瑛随夫婿廉泉进京述职。1900年，江南女子秋瑾随夫婿王廷钧入京述职。虽然已经有很多士子放弃科举，终极目标依然在北京。无论是袁世凯还是盛宣怀，或从戎或从商，但有夤缘，都选择了曲线的幕府之路。一笔省却钻入科场内漏风漏雨的号棚，屈辱以求功名，不过一个实际的曲折，并很可能更快速地被纳入晚清积重难返的国家官僚机器。此外还有一步到位的办法。王廷钧花钱买到户部主事一职，在当时是极正常的仕途手段。连不识字的玉铭都要花钱买官，何况自许家学渊源、才气方刚的青年士子？所以昔日珍妃顶撞慈禧坏了祖宗家法在先，不过一句大实话罢了。

大家都继续走在一条千万人走过的路上。如果不是八国联军于1900年盛夏攻占北京，这条路还将烙上更多人的脚印。躲过了八国联军之劫的秋瑾与吴芝瑛两家，都由女主人先行孕育了新的想法。秋瑾劫后重回北京，赶上了新政。既然连满族贵族都开始派子弟留洋，诗书满怀的秋瑾亦起东渡之心。秋瑾外表是典型的江南女子，鹅蛋脸，温柔细腻的五官，清新的气质，但正是她写下了"拼将十万头颅血，须把乾坤力挽回"之类的豪壮诗句。1904年，秋瑾在吴芝瑛的资助下留学日本，她之后的轨迹如今妇孺皆知。1907年，秋瑾先是创办《中国女报》，并曾回家筹集资金。她早有献身打算，并为保护家庭而宣布与家庭脱离关系。起义事泄，秋瑾与当年百日维新期的谭嗣同一样，坚信革命要流血才成功，所谓"我以我血荐轩辕"。她终获男人才有的死法——斩头。

吴芝瑛在秋瑾留学后不久就游说夫婿归隐江南。她曾蒙太后亲切召见，赞赏她的书法与文才。粗通文墨如慈禧，若要附庸风雅，显示人间极致情调，总得与才女们谈笑晏晏。吴芝瑛竟然抓住机会斗胆议政，批评《辛丑条约》，倡议"国民捐"。慈禧再一次宽恕了一位无法影响权力布局的直言的女人，就像她最初曾包容过珍妃。何况大清朝早无其他选择，世纪之交后的新政将比百日维新走得更远。但人们的期待同样延展得更远。吴芝瑛成功游说，与吴廉泉南归开放的上海，将于曹家渡筑起"小万柳堂"。1907年，秋瑾因策划起义未果而被捕被杀，无人领尸，吴芝瑛及另一侠女徐自华挺身而书，中遇恐吓，吴芝瑛慷慨致书两江总督端方："是非纵有公论，处理则在朝廷，芝瑛不敢逃罪。"

朝廷放过了吴芝瑛，因此也放过了死去的秋瑾。秋瑾得以实现生前之愿：墓葬西泠。一时间平静又降临了。在历史的路上，"雷霆乍惊，宫车过也；辘辘远听，杳不知其所之也。"那千百辆的宫车，一旦放下选秀的姑娘们，即从神武门夹道出东华门，由崇文门大街直至北街市，还绕回神武门。自有一种命运将无限循环，一时间谁也看不到终点。

一具硕大的尸体上最坚定又最耀眼的尸虫

1905 年至 1912 年的某个仲夏日里，旅行者埃德加·盖洛（William Edgar Geil）在传教士詹森的向导下，花八个小时走完了北京内城全长二十三千米的城墙。城墙里不过二十六平方千米的皇城，"新的旧的挤着碰着"。他看到了电灯柱子、电报线杆和大烟囱。翰林院在义和团抵抗八国联军时将放火烧成废墟，但京师大学堂新的分科大学建筑正在兴建。他批评皇帝的御道，"整个城门难道常年不便，就为了他（皇帝）一天的使用？"但他也看到新时代的"御道"——铁路已沿着前门通向外城。从此北京城里重大政治事件将多与天安门东南角的"京奉铁路正阳门东车站"相关。来自他方的权力人物都将选择于此踏上北京的土地。

全国上下都是类似的新旧相杂的景象，很多城市都出现旧城新城之并存称号。在广州，三宁铁路选中满是水稻田的恭义府为起点，不到两年就诞生了现代化商业中心。除通到太平洋海岸的铁路，还出现了柏油马路、砖房店铺、办公室和大型的旅馆。在另一经济政治中心武昌，隔江之汉阳城内已"遍布着仓库和工厂，不断扩张的生意突破了城墙，寻找新领域"。"汉口兴起后，钢铁厂、兵工厂和房屋几乎填充了汉江和汉阳之间的地带。武昌、汉阳和汉口三个城市合起来称为武汉。"在这里将打响辛亥革命的第一枪。

人心亦是杂草丛生——新时代的雨水滋生了丛丛青草，将分裂旧时代恢宏严整的广场。就算帝国曾经的中坚，洋务派领袖李鸿章，早在甲午战争中心思涣散。甲午战争的失败丧尽了皇家的颜面，据说李鸿章作为平定太平天国运动的居功阙伟的大臣，曾一度想着迁都与持久战，与很多激进的维新人士意见一致。太后指令下的皇帝电示签定《马关条约》，李鸿章替清室顶了"卖国贼"的名号，黯然离开京城。此后的李鸿章以"维新之同志"自许，并有胆违令，不予追捕变法人士。他甚至差点会见了革命的孙中山。但未果的求见将激发孙中山前往美国的檀香山创办兴中会，纲领定为"驱除鞑虏，恢复中华，平均地权，建立民国"。

最后一刻来临之前，清皇朝一如杂耍艺人玩着抛接小球的游戏。问题是清皇朝抛接的小球个个是烫手的火球，接也不是，不接也不是，结局似乎注定失败。八国联军事件前后，东南诸省所谓互保运动，其实何亚于藩镇割据？庚子条款彻底摧毁了旧帝国残余的精魄，李鸿章于签约同年呕血不止，至死"双目尤炯炯不瞑"。随即的新政基本重复光绪戊戌变法的思路，但慈禧往往补发"不必切实执行"的谕令。但散盘了的中国已别无选择。1901年到底提出了君主立宪改革，1906年上海就成立预备立宪公会，一时各地纷纷效仿，并将越来越当真。1908年，清朝廷颁布《钦定宪法大纲》，计划九年之内筹备立宪，三权分立，并放宽党禁报禁。然而天数有限，是年 11 月，光绪、慈禧 24 小时之内先后去世。

太后的宝座于一片混乱之中循环到隆裕这里——又一个叶赫那拉的女人。隆裕已不复昔日女儿身的叶赫那拉·静芬，亦不复大清一朝之国母皇后。一夜之间，她失去了丈夫与婆婆，表弟与姑母；但同一夜之间，她成为大清朝最后一任太后，拥有了不仅仅是礼仪上可以余生皆走大清门正门的特权。她是大清朝二百六十八年里唯一一位从大清门中门进入皇宫，而余生法定使用大清门中门的女人。一朝，仅此一人。

伴随太后名号的还有真真切切的权力。多少志士仁人以生命相许，心事终成空，而慈禧太后不过临死前一句话，让摄政王要事奏请隆裕为准，隆裕就成为了权力的所有者。权力的转交似乎太过轻易了。在此之前的隆裕，权力顶多体现在一年一度的亲蚕礼，所谓男耕女织，每年皇帝会象征性地动动锄头，而皇后却全力以赴地亲蚕——因为那是皇后唯一对天下承负的责任。

曾经目光拘谨、行事懦弱的女子持有权力后开始显露真性真情。她会果敢地追查李莲英的财产，但当袁世凯的亲信出面说情时，她也能圆滑地放手。她其实是位典型的北京姑娘，大方而傲气，关键时刻又会有出人意料的女性特有的直觉与感觉。她努力过。1910 年，清室首编了全国预算。但民众益发没有耐心。1911 年，清室在压力下提前新组内阁，但成员多为皇亲贵族，大失民意。1911 年春，那抱着"驱逐鞑虏，恢复中华"的革命同盟会在黄花岗起义，中秋不到，武昌起义。清室于年底连续召开御前会议，再一次的，帝国沉沦的责任究竟由谁承担，每个人都在退缩。反反复复，一时要共和政体，一时又不要。反复之后，大臣们将纷纷返回各自的府邸，只留下隆裕与小皇帝"孤儿寡母"被困于禁城。

皇家如果失去了国家，还能是家吗？这个问题只有她一人思索。就算是小皇帝的亲生父亲摄政王，亦有一条退路，历史并将证明他安然地在退路上走到了终点。但隆裕与小皇帝被天攫到了紫禁宫城，他们与人世间的血脉沟通从某种角度而言已被切断。一旦上天亦放弃他们，他们将无路可去。人世间早已没有他们的位置，但天下同室操戈，生灵涂炭，责任还是皇家的。隆裕以女人的直觉与角度了然问题的关键，她对满朝文武说，她不愿意。她对权位的嗜好没有那么浓重，要她放弃相对容易。她在第六次无果的御前会议后之第二天，宣入袁内阁草拟共和诏旨。最后一次，即第七次御前会议，君臣再次相对涕泣，不过无可奈何。

就这样结束了。权力如一只刚解脱了慈禧太后长期禁锢的蝴蝶，奋飞以求新生，降落于隆裕冷却的掌心，但蝴蝶的翅膀已完全无法适应新时代全新的空气，在隆裕的掌心意外化为灰烬。退位诏书的起头再没有"奉天承运皇帝"的字样，诏书坦承"人心所向，天命可知。予亦何忍因一姓之尊荣，拂兆民之好恶"。落款落的是隆裕的名字。

换来的是和平政权交接，是优待清室的条件，皇帝尊号不废，在按约迁居颐和园之前仍居宫禁。新皇太后每日不过教养教诲，闲来宫苑散心。她坐在锦绣湖石假山上，还是那侧倾的身子——她永远都不喜欢直面真实的记录，但她已不复慌张的神色，不过无尽的哀怨与认命，眼神如深深的井，深到她曾经突起的双颊颧骨亦仿佛一并坍塌到了井里。

她至少终于得到了平静。为什么不呢？她得到了史无前例的荣耀，甚至有人说，她悄悄地得到了爱情。在四面环水的瀛台，她天天去看望被囚禁的皇帝。她与他曾经一如一对互相被将了军的棋子，他在暴怒中拳脚相加，她亦曾哭诉姑母，至少申请到了别室而居的许可。她唯一的政治任务即是养蚕，那柔弱的小生命蜿蜒在她女性的手心里，长年没有体会到温情的她瞬间放松了所有的戒备，露出微笑与柔情。据说她情不自禁召唤了他，而他满腹狐疑走来，怔惊于眼前远比他更为柔弱的生命。那份柔弱竟能润湿他干枯的心灵，让他忘却了满身的病痛与满心的失意，产生了爱怜。对它，亦对她。他想爱。他想生。普通人最基本的欲望不过如此，他最终的诉求亦不过如此。他求生。他疯狂焦躁地求生，不停地更换大夫。

只是一切都太晚了。沉沉夜色里一时望不到星星，而满城将零零碎碎地亮起现代化的洋灯，风吹不灭，雨打不灭，如一具硕大的尸体上最坚定又最耀眼的尸虫。京城碎了，朝代亦碎了，谁也无法挽回。不该挽回。

清帝逊位后不过一年，隆裕撒手人寰。她没有承担"同室操戈，生灵涂炭"的责任，却承担了断送大清江山的责任，说是这责任消耗了她最后的生命。但这位断送了大清江山的女人得到新政权的高度赞美，得到了外国君主之礼的待遇。她得以停灵于皇极殿，在后宫的小中轴线上，宁寿门、皇权门一路素彩，新政权的要员第一时间都来祭奠过。中轴线虽已断裂，将为她而再次修复，每座门前扎起了素彩牌楼。前朝起至中华门——已不复大清门了，已是素彩牌楼，大书"全国陆军哀悼会"，由段祺瑞等主持门内哀悼。天安门城楼下为一座七门八柱式特大素彩牌楼，正中嵌以"国民哀悼会"大字。午门城楼内外均降半旗式悬挂中华民国五色国旗，门楼墙面挂满挽联。太和门前设三门式大素彩牌楼，上书"哀悼"。太和殿设为灵堂，灵龛顶端正中悬挂"女中尧舜"的匾额。隆裕的肉体将再次沿着中轴线移动，这一次是最后一次，亦是从里向外的一次。这一次，终点很近，京奉铁路正阳门东车站。当初她随同慈禧及光绪西巡归来，这次她独自上路。

隆裕过世不久，袁世凯在太和殿就职中华民国大总统，皇家西苑让为新政权办公所在，前朝三大殿划归民国政府，并于又一年悄悄成立古物研究所。紫禁城将淡出中国的政治文化生活，代之以一个新的名称：故宫。"故"是一个意味深长的选择。"故"之反文旁，从"使"，手使之的象形，用过，就成古也。所谓"古"者，"从十口，识前言者也"。"识前言者口也。十是展转因袭，是为自古在昔矣。"和平的政权交接同时保留了这座宫城，新时代既已新开了新华门出入政权核心场所，紧邻着的宫殿不姓朱，亦不姓爱新觉罗，一言以蔽之：故宫。任凭众人吊古论今，包括今日写书的我，读书的你。

端康曾为长叙的女儿，光绪的瑾妃，珍妃的姐姐，下人的胖娘娘。她某段时间内分泌失调，身形肥胖，目光呆滞，恰逢太后忽对西洋留影器发生兴趣，颇拍了几组相片，被迫陪伴的她因此在照片里留下了当年肥胖不堪的形象。她少女年代与妹妹珍妃同样的可爱的婴儿肥，或是进入中年后因长期抑郁而得肝病，渐次消瘦而枯淡，而这些形象因为少了戏剧情调而为大众盲目遗忘。

真实的端康与隆裕一样，一旦拥有权力——先是兼祧皇考瑾贵妃，次为端康皇太妃，就展现了果断的行动力。她的特别在于她有能力划句号。太多的人善于开端，却不知如何收尾。端康则静静等待最后一刻。如果说隆裕为光绪及慈禧送了终，端康将光绪与隆裕这对怨偶合葬在崇陵。她更把握时机就将珍妃从宫女墓地迁葬光绪陵寝之妃嫔园寝。她并为珍妃修建小灵堂，供奉牌位，灵堂上悬挂纸匾："精卫通诚"。该做的，她都在第一时间去做。

无论职称如何起伏，端康一直住在永和宫里。永和宫是后妃宫殿中离皇帝最远的一处。当初皇帝承先祖之制，移居乾清宫西的养心殿，懦弱的皇后分在钟粹宫，紧接东长街及御花园；活泼的珍妃分在景仁宫，同样紧邻东长街，又是东六宫中最西南角一处，地理直线距离最靠近皇帝。而永和宫为东六宫东侧三宫——进一步远离中轴线，而且是皇帝寝宫反方向的远离。从东长街于广生左门入巷道，过东二长街交口，德阳门与仁泽门间夹峙了永和宫。跨过永和门门槛，门内一座门式影壁，没有钟粹宫内随墙抄手式的接延，这座门式影壁突兀而孤单，手足无措地曝露在庭院里。

永和宫陷在东侧三宫之中。更北为景阳宫，乃沉寂寂之御书房，更南为延禧宫，被火烧成废墟后，按方士建议未再重建。但门前的废墟不仅是一座延禧宫。珍妃死后，其所居景仁宫无人敢近，形同鬼城，据说东南门内还特设了镇邪之物，北面墙上设了铁牌，而南面地沟的石头上刻了一道门。景仁宫就在永和宫之西南。每日走出永和门，站在德阳门口，端康但凡要走向权力中心，路径无多选择。折北而入迎瑞门，经钟粹宫——则她应当是向皇后请安的，而出大成左门至东长街；或直前通过履顺门过承乾宫——与此同时她正通过景仁宫后宫墙，出广生左门而入东长街；或者，折南过麟趾门，再折西过景曜门，在抵达咸和左门而入东长街之前，她站在景仁宫门前。她时会被废墟提醒着。

就像当初建议长春宫《红楼梦》壁画工程，端康有心将宫门前方的废墟化成梦想的园地。既然堪舆家说延禧宫地处东北艮位，屡遭天火，不宜再建；她的智慧建议是以水克火，不免建座"水殿"。她的想象力与热情都被激发，设计一座西洋建筑：

以铜为柱，以玻璃为地板和墙壁，还要做成夹层形式以备注水养鱼，地板下置水塘，荷藻芙蕖，相得益彰，俗称"水晶宫"。隆裕太后显然也很支持这一梦想，早早题写了"灵沼轩"的匾额，与端康这同样被爱情遗忘的女人一起，天真地期待梦想成真的一天。隆裕还下令西苑电灯公所为之安装电暖炉、电风扇及电灯，尚未置办齐全，辛亥革命爆发，工程停止，再很快，隆裕驾崩，皇室权力的灰烬转给平稳升级的端康皇太贵妃。年轻而相对最为开放的端康在袁世凯支持下主持内宫。据说她有心复辟，但天命难违。1917年，张勋复辟，北洋直系部队的飞机空投炸弹落在水晶宫北部，到底是一场天火，伤口尚未痊愈即被撕裂。修复开放的故宫故意留了这个伤口，水晶宫，默然相对熙熙攘攘的游客。废墟或伤口，要重建或愈合同样困难。梦想终究无法实现，也不应该实现，必须残破地存留在那里，提醒渺小的人类那常被遗忘了的敬畏。

迟到的权力并未给端康带来真正的快乐。昔日的维新派大多成了保皇党，向来宽厚的皇太妃，脾气越来越坏。也或者，权力是个极势利的阿物儿。当权力无关痛痒时，众人便恣意妄评，要彰显唇枪笔剑之野蛮力量。在新时代的眼光里，端康怒斥逊帝穿西服西裤不是保守，却是落后与蛮横；至于叱责溥仪亲生母亲导致心高气傲的后者自杀抗议不是权力，则是无情与变态。

然后，据说端康渐渐又平和了下来。每天接见逊帝及后辈的请安，不痛不痒地问问衣食住行，打打麻将，养养戏班，由宫女太监作陪，关起门来自成天地。据说她最喜欢花脸名戏《双沙河》，是异族之间的战争，是爱情的异外流转。驸马是花脸，小生是丑角，土番围宋军于双沙河，但两位土番公主情定宋将，非但给驸马戴绿帽子，还倒戈归宋。花脸驸马从开场至结局花落水流去，行头与境遇一番不比一番，从最初蟒袍扎靠、花翎狐尾，手持威武大棍，到最后便衣胖袄，提一茶壶，反被人吐水淋头。就是这于驸马张天龙情何以堪的悲剧，皇太妃常常笑得喘不上气来。年幼的小逊帝溥仪却只冷冷淡淡一笑。皇太妃继续笑着，为照顾体面而拿檀香扇挡嘴。她继续笑着——她根本就不喜欢京剧，为什么那么用力地笑着？难道为了掩盖每每夜深人静，她无从抑制的哭泣？

他们陷在高大宫墙背后就像落在时代一口被遗忘的井里。永和宫里的窗子每天早九点全部打开，下午四点又尽数合紧，要将夜里的故事关在宫里。端康则据说每每长日永坐，曾无动静。偶尔读书、写字、作画，盖个印章，志在"乐琴"，可惜有限的书画才情被偏见之人一笔勾销。被爱情勾销的女人也被公众一笔勾销。势利，大约就是指这个。好在她的心思一如她的眉宇，是宽阔的。端康最后的创意在于景山登高，靠着望远镜有限的景深与角度，忐忐地望一眼娘家。

端康最后的政绩是为皇室的最终沉沦圈定了一位女性代言人。选妃改成相片选秀，对女性美丑全无感觉的逊帝随手圈了"看着顺眼的"文绣。文绣家族虽也出过吏部尚书，但家族跟清皇族一样迅速破败，贵族小姐课余要靠针线活补足家用。婉容则似乎完全是另一个方向：家族显赫、富有并且开通，父亲是最早从商的八旗贵族之一，她本人兼具年轻、美丽及从小中西合璧的教育。端康看中的是新方向的代表。这是她最后的政绩工程。

她以为这个家到底需要一个女人来维持。她胜利了。根据优待清室之约，婉容名义上成为爱新觉罗家族最后一位皇后。

年轻的小朝廷都在西边。逊帝在养心殿，婉容在储秀宫，文绣在长春宫。火灾不断，1923年夏，建福宫因神武门电线走火被焚。事后疑神疑鬼的逊帝于乾清宫宣谕，除三位太妃及自己小家庭留用各二十名驱使，余下太监一并裁处。不过每人一笔遣散费，这批为了入宫而完全切断了现实生活最基本生理要素的阉人必须在数小时内从此远离宫禁。后宫沦为逊位皇族生存的孤岛，从此非但失去威严，还将失去热闹。

1924年中秋，逊帝一片孝心地邀请端康皇太妃前往后宫西侧的养心殿赏月。美好的月圆之夜，一生孤单的端康偶感清凉，回到永和宫略感不适。从御医纪录来看，端康常常略感不适，原无大碍，但这次端康竟不数日之内离世。如果不是了解到六十天之内，小朝廷将被驱逐，从此离开紫禁宫城，我们或许会不停地扼腕叹息。然而，上天如此机缘巧合如此轻易地免除了她被驱逐的耻辱。这是厚爱吗？那么年轻，那么轻易的结局，是否当得起她一生中家国之惊涛骇浪？还是，恰恰惊涛骇浪里才需要一个最平静的结局，为晚清苦痛的后宫记忆留一抹微弱的亮色？

一颗旧时代的灵魂
新时代的阳光来不及晒干

上海为这故事打开一扇宝贵的窗。这个长期匍匐在苏扬繁华阴影下的小县城借着大清帝国第一份耻辱条约获得新生,至1850年代中期起就超越广州成为中国的外贸中心,第一大商埠。1843年末开埠,1844年即创办第一家现代化医院,1845年开辟租界,1850年创刊英文《北华捷报》,1861年创刊中文《上海新报》,1865年第一家煤气厂,1868年第一座公众花园,1876年吴淞铁路运营,1878年成立了租界官方管乐队,1882年第一家电厂,1895年徐园又一村开始放映西洋片,1896年创办南洋公学,1897年成立商务印书局。至1908年,则租界花名册记录了过万家各类企业店铺。

1907年夏,还是光绪三十三年(1907)的阴历六月——大清王国继续使用自己的历法,直到数年之后,新成立的中华民国首批推举的重大改革就包括全国上下使用国际通行的公历。历史将以基督出生为文化的起点。这年夏天,上海见证了无数事件,其中的两件很轻易将被忽略。一件是那1894年的恩科会试状元张謇在家乡南通成功创办并经营大生纱厂，是年于崇明开设第一个分厂。大生纱厂后来共设八个分厂，为新兴民族资本之典范。另一件是上海海关道台瑞徵签发了两张护照，名为宋庆林、宋美林的两姐妹将留学美国。姐妹俩之前都在上海 McTyeire 教会学校，即中西女塾就读。她们在上海搭乘"满洲里"号，于美国西雅图附近的汤生港入境。姐姐宋庆林将于 1913 年于美国南方小城的 Wesleyan College（卫斯廉大学）毕业回国，之后更名为宋庆龄。1914 年秋，姐姐宋蔼龄出嫁孔祥熙，宋庆龄接任为当时中华革命党总理孙中山的英文秘书，并于 1915 年与孙中山完婚。

更富有象征意义的是 1917 年宋美林，后更名宋美龄，于美国东岸的 Wellsley College（韦尔斯利学院）毕业后返回上海。十岁至二十岁的黄金年龄在美国渡过，宋家三小姐除了面孔是中国人的，其余全是美国人的。她必须重新学习中文，并将自己的事业起点定在教会工作及大量社会活动。1917 年的上海给她配合了绝佳的舞台。大世界游乐场及先施百货公司先后开张，将成为上海两大指标性的商业场所。就在这一年，张謇出任华商纱厂联合会会长。经过屈辱的半个多世纪，民族资本似乎能把握第一次世界大战的契机进入它的黄金时代。

由上海透窗而入的清新海风一时还吹不过紫禁城的高墙。1922 年，曾在天津教会学校接受过教育的满洲贵族少女郭布罗·婉容以旧式婚礼嫁入了紫禁城后宫，年仅十七岁。出嫁前的婉容站在家院里，一任冬日京城的阳光轻淡地摩挲。她无须太多修饰，亦可无须修饰。她的目光清澈无邪，还没有一丝一毫的阴翳飘过她人生的上空。

在郭布罗一家为时间所局限的视野里，婉容嫁给逊帝溥仪算是上等的选择。军阀混战，看不清谁将未来实际掌权，所以也看不到一个女人婚姻成就的最高境界。婚姻在人生这条注定沉沦的船上，每个人都被迫参加的一场赌博。只有赢了的才叫爱情，而这扑朔迷离的战利品拒绝任何定义，幸运儿们也说不清爱情的容颜，更无法传授真经。这场赌博全无规则，太多人的赌博策略本质颇为绝望，近似购买保险——万一输了，最好还能剩点诸如名利，诸如平安，诸如理性分析确定的与爱情无关但可切切实实有助生存的物事。如此分析，虽然国家已无皇帝，逊帝的年收入及尊号都是公开的。如果这场赌博输了，游戏的残渣足以让郭布罗整整一家获得丰富的利益。郭布罗·荣源是最早从商的八旗贵族之一，这样简单的理性分析不费吹灰之力。

何况这场游戏还将带来旧时代的荣誉。这是急速发展的新时代还来不及颁授给弄潮儿的徽章。婚礼依然是件大事。少了政治意义，娱乐意义恰恰适合这个时代。这场持续两月的婚礼虽然规模上不及光绪大婚的十分之一，却也是一时轰动。原本官职普通的荣源被授内务府大臣并封三等承恩公，有了头衔，小门小户的院落顺理成章地改建扩建。最富标示的当然是门，那是昭告天下的"门脸"，是大婚的起点。府门改建为三间筒瓦卷棚顶，门前有上马石，门内有一字影壁，门上有镏金的门环。大清朝失了政权，众多皇城八旗贵族沦落到典屋卖货，而郭布罗家族逆向蒸蒸日上，囊括新旧时代两头的好处。

婚礼据说试图效仿同治旧例。1922 年 10 月 21 日，逊帝由乾清宫派出正副使臣，带领近千人的仪仗队及一百多抬礼品，是为纳彩。太和门已不属于小朝廷，所以无法再走中轴线。11 月 30 日册立于乾清宫，由乾清门走景运门，出神武门，过地安门，抵达后邸。一日即妆奁进毕。在新政权的恩准下，次日的奉迎仪仗于寅时出东华门，沿北池子过地安门。新娘的凤舆正是当年叶赫那拉·静芬乘坐的，略加改动。凤舆所到，皆"黄土垫道，净水泼街"，地安门后门桥一带酒楼全被兴奋的同喜同乐者占满。这一次围观无须再肃穆屏息。

然而家已破裂，前朝收归洋政府，而这家里的大婚礼仪亦无从百分百重演。凤舆由东华门进宫后并未能走过中轴线，不过由前方侧门经乾清门，于乾清宫降舆。新娘出后隔扇，由交泰殿东路至坤宁宫。在时钟停止运转的后宫庭院里，婉容将重复静芬重复过的婚俗集成。再一次，亦最后一次，新娘在后宫跨火盆——红红火火，跨马鞍苹果——平平安安，吃半生的饽饽——多生子女，吃长寿面——白头偕老。但也就局限在坤宁宫的东暖阁里，这间由高大宫殿生硬隔离改建而成的洞房是时代变迁的洪流中一艘诺亚方舟。但这次婚礼的主角没有上任新郎的乖顺，拒绝登船。据说溥仪命令淑妃不必于坤宁宫迎接凤舆；而他自己当夜独自返回养心殿。国家已不属于爱新觉罗氏，违背规矩若有惩罚大约只涉及个人家庭，不复苍生大众，所以也就随心所欲。逊帝大婚既无法诏告天下，就换以西式的受贺之礼。祭谢祖宗天地之后，新婚夫妇于 3 日在乾清宫西暖阁会见中外宾客。众人行鞠躬礼，而新婚夫妇将平等地还礼并一一握手。

溥仪与婉容

之后国内宾客养心殿赐宴，漱芳斋听戏，外国宾客则在景运门外现搭的帐篷下吃从北京饭店订制的西餐冷食点心。

短暂的热闹之后，东华门再度对爱新觉罗家族关闭，而唯一留存的神武门亦常常紧闭。后宫虽大，对受到西方影响的少男少女而言总是太过拘禁。最初感情还算不错。孤独的少年找到了同伴，而好奇的少女找到了归宿，新鲜感带来了兴奋与快乐。他们骑自行车，打网球，互相打电话，也以钢笔书信来回致意，总喜欢夹杂一两个最基本的英文单词。她的名字时而是植莲，时而是 Elizabeth，或按她标新立异的翻译，"衣里萨伯"。溥仪取名亨利，Henry——都是英皇室皇帝、皇后常用的。她教他用刀叉吃西餐，而储秀宫后殿丽景轩——慈禧太后发迹的源起地，被改成了西餐室。他喜欢在辽阔的广场上骑自行车，并为此将后宫各门门槛锯掉——要在这禁锢的世界里争取更大的"飞行"的空间。但更多的时候，阴影中太监阴郁的身影，以及完全看不出时代进程的旧式装扮。奢侈的头饰，繁重的旗袍，荣华似乎掩盖了生命的真相。尤其婉容大婚婚服的照片，让观者看到了静芬的复活。又一位年轻女子为朝服囚禁掌控，身不由己。

而外面的世界如此无情，1923年夏《大公报》的一则消息意味深长。标题为《溥仪夫人省亲》的报道记录了逊帝皇后省亲的行为。"昨午，北京地安门大开，道旁围立多人，军警鹄立，带缨帽者幢幢往来。闻系溥仪夫人于是日午间赴西城帽儿胡同荣邸省亲。午后四时还宫。故提署、警察两方，派有军警多名，以资保护也。"皇后的尊号只是纸面的。非但婉容自己会突破戒律外出省亲，而迅速现代化的中国提起她不过指称溥仪的"夫人"。在民间语言里，她不复后，而文绣不复妃，不过是年轻的一妻与一妾。

前来拯救的将是一场火。1923年建福宫大火是这座宫城最后一场祭仪。这座收藏了无数盛世珍宝的宫殿花园成为这皇家漫长丧礼中最豪华的一次法船楼会。一株株松柏成了梵高笔下翻卷着的火树，大大小小庭院建筑如纸片般于眼前一一消融。字画书册灰飞烟灭，金佛金塔烧熔成块，或成水再结成半金半土的板块。据说六月末的大火，至八月处理灰烬，还能拣出金块金片高达一万七千多两。

必须一提的是大火当日，救火队即时赶来相助，却被拒在神武门外。在残余的小世界里，门是皇上的门，火亦是皇上的火，门里烧满了火，皇上不颁发谕旨开门放入外人，奴仆就等于没有手、没有脚、没有心，火势再蔓延，门是不能开的。请旨开门足足花费一个多小时，而门开之后，偌大宫城，盛夏之季，水井竟是干枯的。

这场火一则促使逊帝顾不得皇家体面，大幅裁员；一则给他机会正好在废墟上修建渴盼的网球场。而在外面的世界里，大火让民众益发不满小朝廷，驱逐溥仪出宫的呼声日强。1924年11月5日，端康皇太妃平静故去后不出两个月，冯玉祥手下北京卫戍司令鹿钟麟带着二十几名警察来到内廷，逼迫溥仪小朝廷接受修改后的"优待条件"，并当天离开紫禁城。鹿钟麟事后宣称自己的"逼宫"非为升官发财或作皇帝，而是为民国为公。

最终的结局终于降临了。

皇家到底不同于普通人家。皇家失去了国家并不能成为普通人家。国家是皇家的灵魂，失去了它，皇家原来一无所有。如果说隆裕打破了政权交替必须血腥的惯例，保住了性命，得到了生存，但剩余的钱、权、势依旧不是自己的，生存的方式全由新主人确定。新主人可以是单数的，流数的，亦可是复数的。

突如其来的驱逐导致后宫内一片慌乱。文绣无奈地说："搬出去也好，省得在这里担惊受怕！"婉容态度强硬："反正我铁下心，今天不搬，不能搬！"溥仪双手托腮，一声不吭。军队上午九点入宫，溥仪于下午四点交出"皇帝之宝"和"宣统之宝"两颗玉玺，带着家眷分乘五辆汽车，出神武门而暂时迁往亲身父亲醇亲王的府邸。这一次，包括逊帝，走的都是神武门的侧门。旧时代从此失去了最后的残破的根据地。

后人将会诧异，他们在紧急状态下竟能保持同一条出宫的路线。无论是明末的崇祯还是清末的溥仪，走的都是神武门，仿佛这是一座专为结局开辟的门。1644年，被李自成攻破紫禁城，利箭遥射承天门，数以万计的大明太监宫女由神武门逃出。崇祯帝的散发遮面的尸首要数天后才被在煤山上发现，一时一刻，国破家亡，方向在哪里？太监宫女纷纷于神武门前投河而死，以至护城河断了水流。借着收拾李自成而和平入住紫禁城的爱新觉罗家族，二百五十多年后和平地离开了紫禁城。

神武门与其他宫门同样建制，重檐庑殿顶，城台中辟三门券，外方内圆，却将承载不一样的命运。这座紫禁宫城唯一一座容纳太监宫女进出的门，将首先对平民开放。当紫禁宫城成为"故宫博物院",正门很奇妙地选择了神武门,而不是前朝前方那重重的前方。1925年10月10日,北京城万人空巷,争睹昔日皇家庭院,据说进入坤宁宫边夹道竟要挪移两个小时!

新时代里的新刺激何止一个参观故宫。1927年底,当时黄埔军校校长的蒋介石高调迎娶已届三十高龄的基督教徒宋美龄,并为此首先公开声明与前三任妻妾脱离关系。基督教义不允许一夫多妻,而早前孙中山赢取宋庆龄时同样也得首先宣布与发妻离婚。这一国的新领袖们既要引领新时代,就要遵守新时代的规矩。婚礼则是新式的。新式婚礼早在光绪年间已露端倪,至此进入高朝。婚礼先在豪华宋宅以基督教仪式举办,下午移至外滩大华饭店举办婚礼舞会。庆祝由蔡元培主持,一千六百多名社会名流获邀,现场台上置孙中山画像,边缀国民党党旗和中华民国国旗,政治意味深厚。新郎着西式礼服,新娘曳白色长裙婚纱,入场后新人向孙中山像及来宾行三鞠躬礼。没有了昔日之婚成诏书,很快将出任南京国民政府主席的蒋介石在报纸上撰文《我们的今日》,并随文披露了新婚照。随之新娘的那款白色婚纱风靡上海——没有人担心越级忤逆。新时代真正的万众瞩目自有不同的衡量标准。设置一套封闭的世界,禁止任何效仿,那是完全的旧时代做法。新时代里,越多的随行附和才能证明越广泛深刻的成功。

离开禁城的婉容在新时代的瞩目下绽放了。婉容在天津七年而留下的大量黑白照片,后人毋庸置疑地看到一位东方的黛安娜王妃。镜头前的她不会像当年的静芬那样紧张,亦不复早年紫禁城内初为少妇时或恬静或拘谨或娇羞或沉思或寂寥的种种神情，她相对放松，成熟知足，自我而自信，以各式新款时尚之装扮而面对镜头。1931 年，她化名而为水灾捐款珍珠项链及大洋，溥仪捐楼，轰动一时，为媒体争相报道，那她一生中最光彩照人的时期。

转折始于一名弱女子。1931 年 8 月 25 日，就在日本侵华之九一八事件前不过三周，文绣出走天津静园，并在妹妹及女友协助下提出离婚诉求。新旧两个时代完全无法对话，谈判一直拖到十月中旬。溥仪在 20 日收到地方法院"调解传票"后终于软化，庭外协议离婚。几天后，报刊登出"宣统皇帝"的"上谕"。"谕淑妃文绣擅离行园，显违祖制，应撤去原封位号，废为庶人。钦此。宣统二十三年九月十三日。"

颜面大损的逊帝于同一年底只身去了东北，所谓龙归故里。他的亲生父亲摄政王拒绝随同，皇后婉容却执意追随。不要轻易评判他们的路。再激进的时代亦会有怀旧的人。一群人以各种各样的原因而汇聚，交错，互相安慰，或者互相伤害，在新时代的浪潮里，心甘情愿地、群体性地，沉沦。他们将个人的命运与一个时代的背影紧密相联，与那个逝去的时代一起转身。抑或，仅仅为了不让那个时代孤单地离去吗？他们亦会回眸，亦会困惑，甚至挣扎，但还是走在了另一条路上。在时间的眼里没有好与坏的评判。好与坏不过是世俗的产物，如同卖笑的女子充满诱惑，却随时变换立场。

数年之后，婉容迎来了她的另类高潮。在一场一个人的战争里，她奋争过，她又放弃过。她既已向毒品缴械，她何不向又一项欲望缴械？在人性的基本面，她何必全力奋争？那男人是出于同情还是爱情，欲望还是渴望，都不重要。重要的是她作为美丽的女人，在最艰苦的时期，没有听任自己被命运而浪费。她的缴械即是抗争。她的抗争即是缴械。上天知道她那迟到的初夜究竟有多么美好。那一种肉体的安慰，黑暗里更黑暗的吸引力，是另一类的美好的毒品。在恍惚与混沌中，她很清楚地体会到一股原始的本质的没有因果来缘的力量，引领她突破重重的枷锁——她将忘却帝或是后，权或是名，她抵达的只是人性最基本却又往往被忽视的美好。在这场赌博中，她或许未能赢得爱情，但她赢得了爱情所能带来的终极美好。她一定是有所得，才会诱惑她一而再再而三的缴械，她已无法缺失那一份美好。她腹中的胎儿是恶之华，光荣的罪恶，她作为女人最高级别的冠冕。如果没有这朵花，她将只是一个平面的受害者、牺牲品，美丽而富有个性的她拒绝平庸的结局。她原可成为新时代里一位时髦的新女性，但一场失败的婚姻将她拖入旧时代的浊流漩涡。就像水痕在阳光下无声缩隐，最终消逝，她与她的男人在新时代强光的照耀下，一步步的失去与沉沦。从他们失去了政治的肉体——紫禁宫城后，他们注定成为新时代里游离的旧时代的鬼魂，等待被晒干的一刻。然而，新时代的阳光来不及晒干一颗旧时代的灵魂，生命已然结束。

外面的世界，另一场如火如荼的战争成就了另一个女人。宋美龄推行新生活运动，在战火纷飞中提倡"不吐痰、多识字、讲究文明卫生"。她并将以自己的美国知识及人脉为国民党争取重要美援。1938年与蒋介石一同被选为《时代》世界风云人物。1943年，她访问美国，并成为第一位在美国国会演讲的中国人。

她于同一年上了《时代》封面，被尊称为"蒋夫人——她和中国懂得何谓坚忍"。1945年，宋美龄及她的同盟胜利了。

1945年8月，溥仪满洲国小朝廷匆匆撤退，主角们在不同地点被俘虏。婉容此时早已精神错乱，形如鬼魅，全无生活自理能力，为胜利一方的军士从通化辗转押送至长春、吉林、延吉。1946年，延吉当地档案多了一笔："荣氏。伪皇后。6月10日释放。6月20日午前5时亡去。"她的死讯传到溥仪那里，溥仪面无表情。在他的回忆录里，他将把悲剧的起源送给女人：是她自己舍不得皇后的名号，飞蛾扑火，自己选择做最后的牺牲。

溥仪被苏军俘虏后，被转至抚顺战犯管理所学习改造，并于1959年12月4日被特赦："该犯关押已经满十年。在关押期间，经过劳动改造和思想教育，已经有确实改恶从善的表现，符合特赦令第一条的规定，予以释放。"被特赦的战犯们回到北京后即被组织参观新中国的种种建设，从工厂到公社，新公民们最后请求参观故宫，并被批准。溥仪成了向导。

令我惊讶的是，我离开故宫时的那副陈旧、衰败的景象不见了。到处都修缮得焕然一新，连门帘、窗帘以及床幔、褥垫、桌围等等都是新的。打听了之后才知道这都是故宫的自设工厂仿照原样重新织造的。故宫的玉器、瓷器、字画等等古文物，历经北洋政府和国民党政府以及包括我在内的监守自盗，残剩下来的是很少了，但是我在这里发现了不少解放后又经博物院买回来或是收藏家献出来的东西。例如，张择端的《清明上河图》，是经我和溥杰盗运出去的，现在又买回来了。

在御花园里，我看到那些在阳光下嬉戏的孩子，在茶座上品茗的老人。我嗅到了古柏喷放出来的青春的香气，感到了这里的阳光也比从前明亮了。我相信故宫也获得了新生。"

从此，这位昔日皇帝死心塌地成为中华人民共和国的新公民，并将多次在公开场合高声纠正玩笑或无心的错误身份定义："不，我是中华人民共和国的公民！"他的政治表现往往赢得一片掌声。多年以后才会有另一种记录浮出水面。据说这位新公民但凡关起门来，前清遗老下跪称皇，他不过淡淡一句："起来吧。"

——关起门后的事了。

紫禁城不适合春天

北京并不适合春天。总是匆匆，干旱与沙尘，春天就被簌簌风散，如榆钱，如粉尘，零零落落在这太过规整的城里。紫禁城更不适合春天。过于稳重的布局，过于凝结的色彩，春天的萌生在这里总是太过微弱，就被交错的阴影覆盖。亦或许，春天不适合这座城市里的这座宫殿。在人间极权的起点与终点，适应必须是单向的。紫禁城的肃杀屏退了春天。

又一个春日，你顺着人流从神武门再度进入故宫。你在顺贞门前犹豫，没有随众步入御花园，而是走向相对僻静的贞顺门。探头就能望见那素白的珍妃井台，但操着外地口音的年轻门卫拦住了你："这里只出不进。"于是你只能折道穿越喧嚣的御花园，从绛雪轩处出琼苑东门，南向即长康左门，数武之间两座窄门守扼路口，涵住了一片井样的清凉。在御花园的热闹及前朝三大殿的辉煌间，这两座门貌似多余，却强制匆匆的行人停顿，整理思绪，重新出发。

门，是路的记忆。紫禁城里的记忆，由一座座门区隔把守。终于逆汤汤人流，直至宽阔的太和殿前。高台远眺，宫城高墙早已沦为象征的界限。京城与皇城已被剥离，四分五裂，林立的现代建筑最初曾如不经意的病菌绽开在古老的躯体内，渐至遍地开花，蔓延伸展，蚕食旧时代的记忆。环城四周都是现代高楼，稀疏的树荫不足以遮掩改变了的世界。

一批又一批的中外游客由太和门鱼贯而入。很多都跟在三角形小红旗的导游身后，走过玉带桥时，年轻导游熟练地谄笑着："皇帝们、皇后们，你们走的这条路只有皇帝、皇后才能走的。"每一次，他都使用这个段子。每一次，总会有人受用。浓妆艳抹的中年妇女逼尖了嗓子问："我们是皇帝、皇后，那你是什么？"年轻导游愣了愣，机智趣答："你们说我是什么我就是什么。"在现代市场经济内，顾客就是上帝，是天，是绝对的意志。

已是日斜之午后，午门满墙赭红，但背阴处渐已清冷，如同一座情怀萦绕的巍峨青山。只有在恢宏的太和门广场上回首午门，才能体会出这座山的寂寥，而午门廊檐下斗拱交错，楣枋彩碧流金，如万千浪蕊浮漾在天际。人世有代谢，往来成古今，而这座山，这些浮浪与云，宛若永恒。

是离开的时间了。

你无法逆人流而行，选择了岔路。出东华门，沿护城河，并无知觉地，你意外回到了午门广场。为了确保游客有足够时间走出故宫，博物馆不再放行游客进入。零星几位游客不甘心地逗留广场，正好旁观国旗护卫队操练。这是一项很新的新时代的传统，直到 20 世纪 90 年代才制定，每天清晨及黄昏，国旗护卫队将以端门为起点，前往天安门广场国旗旗杆处升旗或降旗。国旗冉冉升起，冉冉而落，每一次虽非"奉天承运"，却也是现代的宣诏，国家力量的展示。百姓都是期待终极的统治者的。国旗护卫队甫一设立，每天都吸引数万游客，又是这时代成功的标识。

端门在天安门与午门之间，在地理位置及历史上都被相对遗忘，又因被相对遗忘成了保存相对完好的门。端门体制一如天安门，五阙，重楼，九楹。端门于皇权时代即为礼器收藏之处，由此出发而穿越饱含时代象征意义的天安门，走向新时代的零点，实在是再适宜不过的路线。目送国旗护卫队走出端门，并将走出天安门，走向新的时代，你觉悟到总有人，或许就包括你自己，竟被留在了过去。过去的确已然结束，但谁也不知道未来，如何坚定地迈步向前？

博学如钱钟书，也未必有答案。在为《走向世界》丛书所作之序里，钱钟书如此思索："中国'走向世界'，也可以说是'世界走向中国'；咱们开门走出去，正由于外面有人推门，敲门，撞门，甚至破门跳窗进来。'闭关自守'、'门户开放'那种简洁利落的公式语言很便于记忆；作为标题或标语，又凑手，又容易上口。但是，历史过程似乎不为历史编写者的方便着想，不肯直截了当地、按部就班地推进。在我们日常生活里，有时大开着门和窗；有时只开了或半开了窗，却关上门；有时门和窗都紧闭，只留下门窗缝和钥匙透些儿气。门窗洞开，难保屋子里的老弱不伤风着凉；门窗牢闭，又怕屋子里人多，全气闷窒息；门窗半开半掩，也许在效果上反而像男女'搞对象'的半推半就。"然而也就如此各种形态的组合与罗列。文字戛然而止。

跋
———
空中的脚印

重回北京，同学朋友接待的车从公家的桑塔纳更新成了进口的宝马或路虎，但城里的路依然还在修。

大学毕业时与几位女生走到校门外买冰淇淋吃，联想桥下的桥墩还遮着蒙尘的幕布。桥是我走了之后才修好的。许是初次回北京，路过那座桥而途经动物园，路正中近十米的大土坑，而路更颠簸。那颠簸为什么再次回想竟如身临其境呢？那不是路的颠簸，而是人与心的颠簸。我惊叹："哎哟！"朋友则司空见惯，心平气和："修路呢。到处在修路。"2008年去后海新兴的酒吧，附近为迎奥运而全面装修。终于不建新楼新路，而是全面仿古复制。道路如此狭窄，我们堵在车里漫长地等待。我感慨："得修多久啊？"朋友干脆利落："几个礼拜！这年头，一两个月没来，回来就不认识。"

阔别十多年，人已从青春步入中年。我离开那一年，同学年少正开始意气风发，并在我缺席的十多年里各修正果，又借国家繁荣昌盛，水涨船高。总是相见谈笑，他们举手投足，气派十足。

当年的我不过一介书生，崇尚摇滚的《一无所有》；如今在繁荣的北京没有车亦没有房，连朋友们也都疏淡了。彼此比当初远隔重洋时更少沟通，但凡有点时间都所谓"宅"在价值百万千万的公寓里，与各自的家人静静度日。是人到中年后的欲望衰退，还是体悟了时代潮进潮退，生活的本真其实很简单？

在繁华的时代里开始懒于拥有。拥有即是负担，一旦体会了一无所有的自由，很难重新钻入圈套。但心情还是寂寥的，不过甘心这一份长长的寂寥罢了。正因如此，才会有耐心以一年的时间，工作之余修修补补，拼出了八万个汉字吧。平时不复关心自己的想法与感受，说着做着一切"politically correct"的言行，多余的心力，尽入文字里的滋味。或许有人尤其会诧异这一本小书与我尘世形象间的反差。或许这仅仅因为，尘世之外实在太不相同了吧。

想起当初离京之前，有位年长的同事忽然说："这十多年来，最初好像很热闹，蓦然回首，却感觉万事如流沙，都从指缝里流去了。"大致就是如此的原话。此次回京，据说当年的同事已壮年病逝。从发现病情至过世，不过数月时间。渐渐的，知道了众多的同学朋友们都各有一番心事与经历，有大病过的，有要出家的，有离婚的，有终于结婚的。都是复数式。

昨晚L君独守空房，寂寞难耐，约我这现成的孤魂野鬼小聚。这位与我同样喜好藏青色的同窗长发披肩，幽幽而言："原来表面看着幸福的，竟没几个真幸福的。"

零零落落，影影绰绰，互相问了些深处的话题。也都尽力坦诚以告，然而最深处的话还是没有说。不是不想说，不敢说，而是没有必要说。

都睡得早，所以在后海外沿开车一圈，L君送我回我那爬满蟑螂的公寓。沿路都在修。回国一年多，多次从后海返回公寓，从没走过这条路。我问："我们在哪条路上啊？"她说："我们沿着地铁走。"我说我不认路。我说我在写一本书，所以有心走走中轴线，我问她是否从永定门沿着中轴线一直向北开过。她说："那条路是不通的。"

但据说也会修通的。她说起2008年的奥运，好几位同窗都聚在她那中轴线上的公寓里，看着大脚印状的烟花，一步一步，从天安门一直走入鸟巢。她家就在鸟巢边上，那大脚印的烟花就在窗外绽放、熄灭。于是说起她的单位亦在中轴线上——我离京当年大家在她单位门口的小饭馆为我送行。她说："有一只脚印就是在那里放的。"

良久，我说："噢，那次开幕式办得挺好的，挺好的。我们很骄傲。我们现在都回来了。"我有义务不让话题戛然而止。我有义务让这篇短文拥有一个皆大欢喜的结局。

邵丹于北京知春路

2011年5月7日

参考文献

电子文献：

1　故宫博物院［EB/OL］. http://www.dpm.org.cn.

2　维基百科［EB/OL］. https://en.wikipedia.org/wiki/Forbidden_City.

书籍：

1　阿兰·佩雷菲特. 停滞的帝国——两个世界的撞击［M］. 北京：
生活·读书·新知三联书店，1995.

2　阿诺德·约瑟夫·汤因比. 历史研究［M］. 上海：上海人民出版社，
2010.

3　德龄公主. 清宫二年记［M］. 北京：中国书籍出版社，2006.

4　赫德. 这些从秦国来——中国问题论集［M］. 天津：天津古籍出
版社，2005.

5　金易. 宫女谈往录［M］. 北京：紫禁城出版社，2004.

6　凯瑟琳·卡尔. 美国女画师的清宫回忆［M］. 北京：紫禁城出版社，
2009.

7　梁思成. 中国建筑史［M］. 天津：百花文艺出版社，2005.

8　王军. 城记［M］. 北京：生活·读书·新知三联书店，2003.

9 魏斐德.中华帝制的衰落 [M].安徽：黄山书社，2010.

10 魏斐德.洪业：清朝开国史 [M].江苏：江苏人民出版社，2010.

11 威廉·埃德加·盖洛.中国十八省府 [M].山东：山东画报出版社，2008.

12 巫鸿.时空中的美术 [M].北京：生活·读书·新知三联书店，2009.

13 夏晓虹.晚清女性与近代中国 [M].北京：北京大学出版社，2004.

14 许慎.说文解字 [M].北京：中华书局，1998.

15 章乃炜.清宫闻 [M].北京：紫禁城出版社，2009.

16 庄士敦.紫禁城的黄昏 [M].北京：紫禁城出版社，2010.

17 周苏琴.体元殿、长春宫、启祥宫改建及其影响 [M]. // 清代宫史研究会.清代宫史求实.北京：紫禁城出版社，1992.

18 钟叔河.走向世界：中国人考察西方的历史 [M].北京：中华书局，2010.

期刊：

1 佚名.光绪帝的婚姻档案 [J].紫禁城.2006(8)：9-9.

图书在版编目（CIP）数据

重门 / 邵丹著. —上海：上海三联书店，2017.2
ISBN 978-7-5426-5723-7

Ⅰ.①重… Ⅱ.①邵… Ⅲ.①散文集－中国－当代 Ⅳ.①I267

中国版本图书馆CIP数据核字（2016）第250092号

重门

著　　者 / 邵　丹

摄　　影 / 祝　勇　余怀民

责任编辑 / 陈启甸　朱静蔚

特约编辑 / 周青丰　王卓娅

装帧设计 / 乔　东　阿　龙

监　　制 / 李　敏

责任校对 / 王卓娅

出版发行 / 上海三联书店

　　　　　　（201199）中国上海市闵行区都市路4855号2座10楼

网　　址 / www.sjpc1932.com

印　　刷 / 山东临沂新华印刷物流集团有限责任公司

版　　次 / 2017年2月第1版

印　　次 / 2017年2月第1次印刷

开　　本 / 889×1194　1/32

字　　数 / 124 千字

印　　张 / 6

书　　号 / ISBN 978-7-5426-5723-7 / I · 1169

定　　价 / 36.00元

敬启读者，如发现本书有印装质量问题，请与印刷厂联系0539-2925680。